魂の退社

会社を辞めるということ。

稲垣えみ子

東洋経済新報社

アフロにしたことと会社を辞めたことは関係ありますか

（注・筆者はアフロです）

そうですね。関係……いやいやあるわけないでしょう！　とツッコミを入れようとして、ふと我に返る。

確かに、関係……あるかもしれません……。

いやいやよく考えると、関係あるどころか、アフロにしてなきゃ会社を辞めていなかったかもしれない。

思い返せば小さい頃から優等生で、さらに時代の追い風も受けて、いい学校、いい会社へと恵まれすぎた道を歩いてきた。そうして得た貴重な安定収入も仕事も将来の年金も、アフロが一瞬にして奪っていったということになる。

どうなんだアフロ。

きっかけは、ごく些細なことだったのだ。

大阪府警のサツ回りをしていた時、警察官と担当記者の懇親会で場末のスナックへ行った。カラオケを歌った。場を盛り上げるタンバリンやらマラカスやらの小道具の一つにアフロのかつらがあった。みんな面白がって順番にそのかつらをかぶった。私の番が回ってきた。かぶった。「似合う似合う」と爆笑が巻き起こった。恥ずかしかったが好奇心に負けドレドレと鏡を借りて覗き込んでみたら、確かになかなか似合っている。

アフロ、ありかも……。

悪魔がささやいた瞬間であった。

しかし、もちろんそんな暴挙に出ることはないまま数年が流れる。

その間、いろいろあった。会社員生活というのはよいこともあれば悪いこともある。まあだいたい悪いことの方が多い。しかもまだ若いと思っていた私も気づけば中年期にさしかかり、「会社の役に立つ人間」か「そうでない人間」かの選別対象年齢になろうとしていた。先輩や上司にあれこれと面倒を見てもらい、怒られたり失敗したりしながらスクスクと育てられた我が青春時代は終わりを告げようとしていたのである。

将来は暗かった。そもそも会社の役に立つような優秀な社員じゃなかったし、頑張ってもそうなれそうな気もしなかった。憂鬱であった。

そんな時、ふと思ったのである。

「そうだ、アフロ、しよう」

目論見や戦略があったわけではない。とにかく何でもいいから変化が欲しかっただけである。「社会人としてどうなのか」という美容師を何とか説得し、数えきれないロットを頭に巻き付け、パーマ液をぶっかけ、じーっと待ち、さらに数えきれないロットを外すという果てしない作業に6時間。以来、私のアタマの上にはこんもりとした丸いモジャモジャが乗っかることになったのだ。

以来、人生は思いもよらぬ方向に動き始めた。

40代も半ばを過ぎて、まさかのモテ期が訪れたのである。

一人で居酒屋に入ると、見知らぬおじさんが「オネエちゃん気に入った！お酒1杯おごったる！　あと一品もおごる！」。気づけばお店の人からも「サービスです」と枝豆がそっと机に置かれたりする。カフェで原稿を書いていたらビルの上からアフロを目撃したサラリーマンが「面白い人がいると思って飛んできました」といきなり現れ、「今夜飲みに行きましょう！」と執拗に誘われたこともあったっけ。

さらに外国人には「ユアヘアー、ナイス！　ちょっとお茶飲みに行きませんか」としょっちゅう誘われるし、よく通る道沿いのお店に入ったら店主がすごい勢いで出てきて「いつ来てくれるのかと思ってました」と満面の笑顔。夜の帰り道でスナックからおじさんが飛び出してきて「一緒に飲もう！」とナンパされたことも3回ある。

同性からの人気も侮れぬ。電車に乗っていると、おばちゃんに「その髪型ええなあ。私も若い頃はそんなんやってたんで」（?:ほんまかいな）と話しかけられることは日常茶飯事だ。よく行く喫茶店のマダムは私の肖像画を描いてプレゼントしてくれた。本屋さんで立ち読みをしていたら若い女性に

「あのー、もしよかったら友達になってくれませんか」と言われたこともある。

いったい、何なんでしょうか、この人気っぷり。

思うに、アフロは特殊な髪型の中でもちょっと特別な存在なのではなかろうか。これがモヒカンやドレッドだと、興味はあってもちょっと怖くて話しかけづらいです。それに比べてアフロは、あの意味のない大きさ、丸さがあまりにバカバカしくて、つい気軽に突っ込みを入れたくなるのではないだろうか。

それはさておき、現実問題としてここまでモテにモテていると、もしかしてこれで食っていくことができるんじゃないか？　とすら思えてくるのであった。

だって、実際にお酒とかお茶とかおごってもらってるし。

しかもその理由はただ「アフロにした」っていうそれだけだし。

えーっと、人生って、もしかして、意外と、ものすごくバカバカしいものなんじゃないか？

私たちは自分の人生について、いつも何かを恐れている。負けてはいけないと自分を追い詰め、頑張らねばと真面目に深刻に考えてしまう。しかし真面目に頑張ったからその分何かが返ってくるかというと、そんなことはないのである。そしてそのことに私たちは傷つき、不安になり、また頑張らねばと思い返す。そして、その繰り返しのうちに人生は終わっていくのではないかと思うと、そのこともまた恐ろしいのである。

しかし、もしや幸せとは努力したその先にあるのではなくて、意外とそのへんにただ転がっているものなんじゃないか？

そう思ったら、会社を辞めるって、意外にそれほど怖いことじゃないんじゃないかと思えてきたのである。

で、実際に辞めちゃったわけですが、そしてその結果何が起きたかは本編を読んでいただくとして、一つだけ言っておきたいのは「意外に何とかなる（んじゃないか）」ということだ。

崖から転落するまいと両手で必死に綱をつかんでいる人は、ただ頑張って手を離さないことと、綱が切れませんようにとひたすら願うことだけに集中している。しかし綱から手を離して「ああああ」と落下していくと、なぜだか自分の周囲にたくさんの人がたくさんの綱を投げ込んでくれるのである。

っていうか、もしかしてこれまでも綱はたくさんあったのに気づかなかっただけなのかもしれない。しかし落ちて死にたくなければ気づかざるをえない。もちろん、その綱には太いもの、細いもの、いろいろある。しかし細い綱も3本集まれば丈夫である。

で、会社という極太の綱を離した私は、その太い綱、細い綱につかまって何とか生きているのである。この本がこうして世の中に出ることになったのも、ある奇特な方が投げ込んでくださった綱の一つというわけです。実に不思議で、そしてありがたいことであります。

世の中というものは世知辛いようでいて、実は無限の親切に満ちているのかもしれない。それは綱から手を離して初めて見えてくる世界であった。

……いやそうじゃないな。私はアフロにすることで、すでに綱から片手を離していたのだ（だって、どう見ても普通の会社員には見えないですもんね）。だから世間の親切に触れることができたのである。

あれは図らずも、会社を辞めるための予行演習だったのだ。

恐るべしアフロ。

いやいや本当に、幸せとはそのへんに転がっているものなんじゃないでしょうか。それなのに、みんなそれに気づいていない。転がっていても見ようとしていない。

それはどうしてなのでしょう。

それが知りたければ、ぜひこの先を読んでみてください！

プロローグ

会社を辞めるということ

まさか自分にこんなことが起きるとは思っていなかった。少なくとも10年前までは。

大学卒業以来、28年間勤めていた会社を辞めることになったのである。50歳、夫なし、子なし、そして無職。まさに文字通り「糸の切れたタコ」だ。しかもまったく若くない。というより日々老いを感じる年頃である。細かい字はまったく読めないし、記憶力の明らかな減退にもおびえている。

しかしですね、私は今、希望でいっぱいである。いやホントですよ……いや、正直に言えば不安もある。いや、本当に正直に言えば不安でいっぱいだ。ものすごくいっぱいだ。それでも、やっぱり希望にあふれているのである。

……と言っておく。

会社を辞めると宣言した時、周囲の反応は驚くほど同じであった。

まず言われるセリフが「もったいない」。

え、もったいない?

な、何が?

答えは様々だったが、要するに、このまま会社にいた方が「おいしい」じゃないか、ということのようであった。

確かに私が勤めていた「朝日新聞社」は大企業である。給料も高く、広く名も知られ、いわゆるステイタスも高いとされている(ステイタスの方は最近微妙だけど)。加えて、当時私が担当していたコラムはありがたいことに読者から好意的に受け取められていた。すなわち社内でも居心地のよい立場にいたのである。それなのに、なぜそんな恵まれた境遇を捨てるのかモッタイナイ、ということなのであろう。

うーん。この問いに一言で答えるのは難しい。そう言われると確かにモッタイナイ気がしてくる……。ああ早まったかしら……いやいやイカンイカン。

ここでぐらついている場合ではない。

あえて一言で言えば、私はもう「おいしい」ことから逃げ出したくなったのだ。

「おいしい」というのは、実は恐ろしいことでもある。例えばおいしい食べ物、寿司やステーキやケーキを毎日食べ続けていたらどうなるか。確実に健康を害して早死にするであろう。しかし、いったんこういうおいしい食べ物にはまってしまうと、なかなかそこから抜け出せなくなる。

なぜなら、大きい幸せは小さな幸せを見えなくするからだ。知らず知らずのうちに、大きい幸せじゃなければ幸せを感じられない身体になってしまう。

仕事も同じである。高い給料、恵まれた立場に慣れきってしまうと、そこから離れることがどんどん難しくなる。それればかりか「もっともっと」と要求し、さらに恐ろしいのは、その境遇が少しでも損なわれることに恐怖や怒りを覚え始める。その結果どうなるか。自由な精神はどんどん失われ、恐怖と不安に人生を支配されかねない。

あ、もちろんそうじゃない人もたくさんいると思います。でも私のように欲深くプライドの高い人間は、あっという間にこのワナに陥ってしまう確率が非常に高い。

つまり、私は「おいしい」ことからもういい加減逃げ出さねばならないという恐怖感にとりつかれていたのである。


そして、もう一つ必ず返ってきたセリフが、「で、これから何するの？」

いや……すみません。何もしないです。できれば定職に就かずにいきたいと思ってます。

するとみなさん、とても困った顔をする。特に会社の同僚は、何だかとても不満そうだ。

いやいや、別にみなさんの仕事や生き方を否定してるわけじゃないんですよ！　真っ当に会社で働く人たちが日本を支えているんですから。

しかし、会社で働くことだけが真っ当な人生なのだろうか。

確かに、会社で働くことには多くのメリットがある。よき同僚に刺激を受け、助けられ、時にはけんかもしながら自分を育てていくことができる。もちろん遊びではないから多くの理不尽な仕打ちにも耐えねばならないが、その逃れようのない試練の中でどう立ち居振る舞うかは、ドラマ「半沢直樹」

が描いた通り、そのすべてが一編のドラマである。その意味では、理不尽さこそが会社の醍醐味であるとも言えよう。

私もそうやって会社に育てられてきた。朝日新聞という会社に就職していなければ、今とはまったく違う人間になっていたことは間違いない。

だが、人は人に雇われなければ生きていけないのだろうか？

雇われた人間が黙って理不尽な仕打ちに耐えるのは、究極のところ生活のためだ。つまりはお金のためだ。もちろん仕事には「やりがい」があり、仕事が「生きがい」だという人も多いだろう。しかし、もしお金をもらえなかったとしても、あなたはやはりその会社でその仕事をすると言いきれるだろうか？

つまり、私はこう言いたいのだ。

会社で働くということは、極論すれば、お金に人生を支配されるということでもあるのではないか。

つい先ほど「真っ当に会社で働く人たちが日本を支えている」と書いた。それは本当にそうだと思う。

しかし、会社で働いていない人だって日本を支えている。

自営業の人たち、フリーランスで働く人たちは言うまでもない。さらに、お金を稼いでいない人たち、例えば専業主婦、仕事を辞めた高齢者、何かの事情で働けない人、子どもだって、みんな日本を支えているんじゃないだろうか？　食事を作る、掃除をする、孫と遊ぶ、何かを買う、近所の人に挨拶をする、誰かと友達になる、誰かに笑顔を見せる――世の中とは要するに「支え合い」である。必ずしもお金が仲介しなくたって、支え合うことさえできればそこそこに生きていくことができるはずだ。

しかし会社で働いていると、そんなことは忘れてしまう。毎月給料が振り込まれることに慣れてしまうと、知らず知らずのうちに、まずお金を稼がなければ何も始められないかのように思い込み始める。そして、高給をもらっている人間がエラいかのようにも思い始める。

だから、会社で働いていると、どうしても「もっと給料よこせ」という感覚になる。これは、どんな高給をもらっていても同じである。それは当然の要求かもしれないし、そうではないかもしれない。もちろん、会社側は「そんなに出せない」と言う。それは当然の回答かもしれないし、そうではないかもしれない。

しかし私は、もうその争いに意味を感じなくなってしまった。

なぜそうなったのか、改めて考えるとこれも一言では言えないのだが、確実に言えることは、一つには、これまで望外の幸運に恵まれて十分すぎる報酬をもらってきたということがある。さすがの強欲な私も、「もっとよこせ」ということはもちろん、この水準のものをもらい続けることがはばかられる心境になってきたのだ。何しろ私の場合、今ですら、目もかすみ記憶力も思考力も体力も衰えてきていることは自分がいちばんよくわかっている。

加えて、人生の様々な出来事や出会った人々に影響され、いつの間にか、あまりお金がなくても人生に満足できる体質になってしまった。つまり、「お金」よりも「時間」や「自由」が欲しくなったのだ。

だからといって働きたくないわけではない。働くとは人に喜んでもらうということでもある。来る日も来る日も遊んで暮らしてばかりいたら、きっと人生はとても孤独なものになりそうな気がする。お金から自由になったはずが、むしろお金を払わないと相手にしてもらえない人間になってしまうんじゃなかろうか。お金のためでなく、人とつながるために働くということがあってもいいのではないだろうか。

そう思うと、何だか夢が広がってくる。働くとは何か、生きるとはどういうことか、「会社」という強力な磁場を持つ組織から離れて一匹の人間として考えてみたいのである。

まさに人生をかけた冒険。老いを前にした最後の大ばくち。なんちゃって。

どうですか。なかなかにかっこいいでしょう。

しかしですね、人生はもちろん甘くないのである。

準備は万端、なはずだった。口ではうまいことを言う一方で、実はなかなかに現実主義者で戦略家でもある私は、その来るべきエックスデーに向けて実に周到に長い時間をかけて外堀も内堀も埋めてきたつもりであった。

しかし、実際に会社を辞めてみて私の身の回りに起きたことは、まあ何ということでしょう、想像もしなかった打撃の連続だったのです。

おもろうて、やがてかなしき無職かな

会社で働くことに疑問を持っている人、自分も会社を辞めたいと思っている人、そして一生会社にしがみついて生きていこうと思っている人。この本が、すべての人に、改めて「会社で働くこと」について考えるささやかなきっかけとなれば幸いです。

2016年5月25日　下北沢の珈琲店にて

目次

魂の退社

その1

それは安易な発言から始まった

口は災いの元

いやはや加齢による記憶力の衰えというものは恐ろしいものがあります。

こうして「会社を辞める」という本を書こう、いやこれだけは書かねばならぬと決意したのはほかならぬ私であります。というのも、「会社を辞める」あるいは「辞めた」と言うと、多くの人が思いのほかプラスマイナス含めて劇的な反応をするのです。それだけ今の日本社会において、会社というものはあまりにも大きな存在だということなのでしょう。

一方で、少なからぬ人々がこのまま勤め続けることに何か希望を持てないでいる。むしろ絶望を感じていたりもする。そんな出口のない時代を生き抜くささやかなヒントとして、50歳で会社を辞めるに至った私の悪戦苦闘ぶりは、何はともあれ多くの人に知っていただく価値があるのかもしれないと思ったのでした。

ところが、ハテそもそもいったいどうして会社を辞めたいと思ったんだっけとなると……これがどうしても思い出せない（笑）。いやいや50で辞めてやっぱり正解です。老いは思った以上にすぐそこに確実に存在しています。一度きりの人生。残り時間はもうあんまり多くないと改めて実感するのであります。

しかしまあ思い出せないのにもそれなりの理由がありまして、もうずいぶんと長い間「いつかは辞めなければ」とぼんやり考え続け、進んだり戻ったりしながら準備を重ねてきたので、今さら改めて「そもそもなぜ辞めたくなったのか」を思い出そうとしても、なかなか難しいものがあるのでした。

ただ一つだけ、ハッキリと覚えていることがあります。

それは、それなりに順風に進んでいるように見えた自分の会社員人生に、ちらりと不安が浮かんだ最初のきっかけです。これだけはなぜかしっかりと覚えている。まあまったくもってしょうもない小さなことだったのですが、これがなければもしかして辞めるなんてことは考えもつかなかったかもしれません。そう考えると、人生というのは実に数奇なものです。

それは、会社のとある先輩が40歳の誕生日を迎えた日のこと。

私はその先輩とあまり仲がよくありませんでした。何か具体的にケンカをしているというわけではないのですが、要するにあまり気が合わない。なので、偶然その日が彼の40歳の誕生日だと知って、何か気の利いたイヤミを言ってやろうと思ったんですね。こういうことになると、原稿を書く時の100倍ファイトが湧くんだから我ながら嫌になる。

「あら先輩、40歳ですか！　いよいよ人生の折り返しですね〜」

……まったく、よくもこんな可愛くないことを言ったもんです。案の定、その先輩は「うっ」という顔をしましたが、私としてはそれが目的でしたから、してやったり。先輩の「覚えてろよ。おまえが40歳になった時、同じこと言ってやるからな」という捨て台詞も心地よく、意気揚々とその場を離れたのでした。

しかし、その言葉は思いもかけず、私自身の心の中を延々と行ったり来たりして、なかなか出ていかないのです。

人生の折り返し。

つまり、これまでずっと坂を上ってきたとすれば、そろそろ下り始める時がやってくるということです。

坂を下りる。そんなことはそれまで考えてみたこともありませんでした。

「折り返し地点」で見た恐怖

人の世には「折り返し地点」ってものがある、しかもその折り返し地点は、まったく遠くない将来、この私の人生にも訪れる！

そう気づいた時、まず頭に浮かんだのはそこはかとない不安……いやいやそんな甘いもんじゃない。かなりハッキリとした「暗い未来」でした。

まず、仕事について。

当時の私は大阪の地域面デスクという仕事をしていました。自分で記事を書くのではなく、人様の書いた記事を直したり削ったりして「完成品」に仕立てる仕事です。要するに末端の中間管理職。サラリーマンも40歳近くになると、こんなお仕事が回ってきます。

要するに、出世競争みたいなものの入り口に立っていたわけです。

それまでの私は、先輩や上司にそれなりに世話を焼かれ、チャンスを与えられ、成功したり失敗したりしながらスクスクと育ててもらっていました。しかし、そのような幸福な無名時代はそろそろ終わりを告げ、会社にとって役立つ人材か、そうでないかの「分別」が始まる年頃でありました。

それがまさしく「人生の折り返し地点」における私の状況だったのです。


一昔前の高度成長時代ならいざ知らず、今どきこんな出世競争をワクワクして迎えられる人なんているんでしょうか。

いや最後まで「勝つ」人はいいですよ。でも最後まで勝つって、要するに社長になるってことです。社長なんて社内報や週刊誌の写真以外では見たこともありません。それほどまでに遠い遠い存在です。で、それ以外の全員はどこかで必ず「負ける」ことになる。

会社員を経験している人ならわかると思いますが、そして会社員を経験していない人にはまったくもって理解できないと思いますが、人の欲望というのは実に恐ろしいものがあります。私はそのことを会社員になって骨身にしみて学びました。

「そこそこで満足する」というのは意外なほど難しいのです。

ふつうに考えれば、何も社長にまでならなくったって課長とか部長とかで十分満足すればいいじゃないかと思うじゃないですか。まったくもってその通りです。私だってずっとそう思ってました。しかしリアルに会社の中にいると、ことはそう簡単じゃないことがわかってきます。

例えば自分が部長にならなかった場合（実際大多数の人がならないわけですが）、当然、自分以外の誰か、しかも同期の仲間や後輩なんかが部長になる。すると、自分がその誰かよりも「劣っている」と判断されたということになるわけです。それは、はたから見る以上に深く人の気持ちを傷つける。入社このかた、そうして傷ついてイジケてやる気をなくし、不満と不遇感ではち切れんばかりになって日々を生きている先輩たちを実にたくさん見てきました。普通なら、役員になんてなったらまさに大出世と思うじゃないですか。ところが、社長になれなかったことをずーっと恨みに思っている専務とかがいるわけですよ会社ってところには！

まったくどれだけ出世主義者の集まりなんだか！

そもそもみんな「新聞記者」になりたくて入社したんじゃないの？「生涯一記者」でいいじゃんよ！

……なーんて冷ややかに見ていたはずの私ですが、思いもかけないことに、その自分もいつの間にか人事異動が発表されるたびに一喜一憂し始めていたのです。

死のトライアングル

いや出世するようなガラでもタマでもないってことはわかってるんですアタマでは。出世したいと思ってたわけでもないし。いやほんとに。でも地方勤務を経て生き馬の目を抜く大阪社会部に配属され、花形の「特ダネ記者」にはなれなかったけれどインタビューや連載など企画モノで何とか独自の存在感を発揮して30代後半になり、そこそこに自信もついて態度だけはでかくなり若い部員に親分風を吹かせたりしているのに、ずっと横並びだった同期が一斉に「司法キャップ」だの「遊軍キャップ」だのまともな社会部員なら当然上がっていくポストに就いていく中で、どうも自分はいずれのキャップ候補にすら挙がっていないらしいとわかった時、我ながら意外なほどにものすごく動揺した。

どうして私は外されるのか。

もちろん誰も答えなんて言ってくれません。

というか聞く勇気もありませんでした。

だって「お前のここがダメだから」「あそこがダメだから」なんて羅列されたところで納得できるはずもなかったからです。ダメなところがたくさんあるのは十分わかってます。でも私が本当に知りたかったのはそういうことじゃなかった。

その時私の心を支配していたのは、「もしや……私って差別されてない？」という被害者意識でした。

私は会社では圧倒的マイノリティーの女性記者です。もちろん、我が社には制度上の性差別などありません。なので、どんな人事があろうともそれは「差別」ではなく「能力」によるものだということになります。

すなわち、私は能力的に劣っていたから「外された」のです。でも、でも、本当にそうなのか。人より優れているとは言えないかもしれないけれど、平均点以下というのはあんまりじゃないか。そして、それを誰に確かめることもできない。なぜなら、公式にはあくまでも差別なんて存在しないのだから。

答えの出ない問いというのは実に恐ろしいものです。

このジレンマから抜け出すにはどうしたらいいのかと考えた時、私は心底ぞっとした。

私にできることは「自分には力がないのだ」と認め、もっともっと努力するということしかないのです。いや努力したくないわけじゃないんです。でも頑張って頑張って、でもその結果再び「外される」ことが延々と続いた場合、私の精神はどこまで耐えられるのか。

報われない戦いと、どうしても拭えない「差別なんじゃないか」という疑念と。

そして「差別などない」と言う会社と。

これを死のトライアングルと言わずして何と言いましょう。ものすごく悪質な罠にかかったようです。会社員とはこれほどまでに過酷な試練に耐えねばならないのでしょうか。

というわけで、わがままいっぱいに会社の中で育てられてきた私もさすがにこれからはそういうわけにはいかないと気づき始めていたのでした。

もしかするとこれからの人生は、人事異動が発表されるたびに心がざわつき、恨みツラミのオバケにならぬよう必死で自分をコントロールし続けなければならない人生を過ごさねばならぬのだろうか……。

改めて目の前を見渡すと、そこに広がっているのは落とし穴だらけの凍てつく荒野のようでありました。そこをホガラカに走り抜けることができる確率は、どう考えたって天文学的に低い。

これが暗くならずにいられましょうや。

そして次に、お金のモンダイがありました。

いつまでもつのか金満ライフ

まあ会社は何とかヨロヨロと定年まで勤め上げたとしましょう。で、そのあとどうするか。再就職するにせよしないにせよ収入が激減することは間違いありません。そうなれば、今のような暮らしを維持することはゼッタイにできなくなります。

改めて思い返すと、この頃の私は本当にめちゃくちゃなお金の使い方をしていました。

好きな洋服は買いたい放題。月に一度はお気に入りの洋服屋さんへ行って山盛りの洋服やら靴やらを片っ端から試着し、ダーッと何点も買うのです。その買い方があまりにも「男らしい」ので、私が顔を見せるだけで店員さんのテンションが上がるのがわかりました。ほとんどレッドカーペットを敷かれる勢いだったのです。まさに「一人プリティーウーマン」状態！

化粧品もやたらと高いものを買っていました。雑誌などで「これがいい」と紹介されるとすぐに試してみたくなり、気づけばどんどんランクの高い化粧品に手を出しているのです。で、いったん高いものを買ってしまうと安いものではたちまち肌が衰えるような気がして元に戻れなくなる。さらに10日に一度は大枚はたいてエステ通いまでしていた。

いやいやホントに今考えればオマエは芸能人か？　モデルか？　とあきれ果ててしまいます。いったいぜんたい私は何を目指していたのでしょうか。

それだけではありません。食べることにも貪欲でした。夜遅い仕事なので毎晩のように同僚と外食です。仕事のストレスが多い分、情報誌などでおいしい店の情報を常にチェックしあちこちと食べ歩く。そういえばサツ回り時代「フグの白子鍋」っていうのを雑誌で見て盛り上がって、その夜にタクシーでみんなで行ったこともあったなあ。お気に入りの焼き鳥屋ではメニューの端から端まで注文していた。味もわからんのにめちゃくちゃ高級なワインを飲んだこともあったよ。しかしこんな生活じゃあもちろん太ってしまうので、スポーツクラブへまめに通う費用もこれまた惜しみなく使ってたっけ。

いやいやだんだん思い出してきたぞ……。出張では生意気にも差額を惜しみなく払ってグリーン車を使い、いつかは飛行機もビジネスクラスに乗りたいと夢見ていたっけなあ。とにかく、当時流行っていた言葉で言えば、常に「ワンランク上」を目指していたのねあの頃の私。分不相応な高給を得て完全に勘違いしていたんだなあ。子どもの頃に買ってもらえなかったものを、自分で稼いだお金で次々と買えることがプライドだった。夢を実現していたつもりだった。しかもそれでも満足することはなく、いつも非現実的なくらいおしゃれな雑誌を読んでは「欲しいものリスト」「行きたい場所リスト」を頭の中に常備していたんだっけ……。

……すみません、今から考えると本当に顔から火が出る思いです。

降りられない列車

高度成長期に育ち、「いい学校」「いい会社」「いい人生」という黄金の方程式を疑わずにスクスク生きてきた私は、いつの間にか「金満」（お金で何でも手に入れようとする生活態度）、「優越感追求」（人よりも「上」でなければ満足できない精神）、「欲望全開」（十二分に恵まれているのに満足できず絶えず手に入らないものに目を向け不満を募らせる）の人生を生きていました。

欲望は努力のモチベーションであり、その結果得たものは享受して当たり前であり、さらにどれだけ享受しても上には上があり、もっともっと上を目指したい、目指さなければいけないと思っていたのです。

会社においても、暮らしにおいても。

今にして思えば、それは降りようにも降りられない列車でした。というか、降りようなんて考えたこともなかったのです。なんで降りなきゃいけないのか。こんなにキラキラした生活をしているのに。しかも何とかなっているのに。しかしよくよく思い返してみれば、その列車に乗り続けている自分に、そこはかとない不安のようなものも感じていた。

どこまでやればいいのだろう、いったいいつ「これでいいんだ～」と心から満足できる日が来るんだろう、と、ぼんやり考え続けていたように思います。

例えば前にも書いた通り、お気に入りのお洒落な洋服屋さんへ行って、「マイ・スタイリスト」である気の合う店員さんにあれこれと相談し、ザザーッと山のような洋服や靴を次から次へと試着し、試着室から出てくるたびに「わあ～、すごい似合ってはりますよ～」とか言われて気をよくし、その山のような服や靴の中から小山のような服や靴を選んで「じゃあ、今日はこれだけ買っちゃいます」とかやっていたわけです。

しかしですね、お店の人にちやほやされ、大金を払って服を手に入れる「その瞬間」が幸せのピークなのです。その後、重くかさばる紙袋を持ってようやく家に着くと、まあ何ということでしょう。もうその服やら靴やらを袋から取り出すことが、どことなく面倒くさいのです。

最初にその自分の気持ちに気づいた時はかなりショックでした。どうしてなんだろう。

実は、考えるまでもありません。原因は非常にはっきりしていました。

私はすでに、素晴らしい洋服を十二分に所有しているのです。

クローゼットはパンパンで、新たな洋服が入る隙間はすでにない。それを無理やり、同じハンガーに2つの洋服をつり下げたり、すでにぎゅうぎゅう詰めの箱にセーターを押し込んだりしていると、大喜びで買ったものの何年も袖を通していない洋服がいやでも目につく。それが何？　と心は強気を装おうとしますが、自分で自分をごまかすことはできません。それは、確かに間違いなく、苦痛だったのです。

しかしそこまでわかっているのに、シーズンが変わると洋服屋に行き、いつものようにいそいそと買い物に勤しむ。まったくもって意味不明の行動ですが、当時の自分を振り返ると、そうしなければいけないんだと思い込んでいた。そういう「リッチ」な自分でい続けたかった。

それ以外の方法で自分を楽しませ満足させる術を知らなかったからだと思う。

そう思うと当時の自分を抱きしめたくなります。あれはあれで必死だったのです。何かが違う気がする、このまま突き進んで行った先はもしや果てしのない地獄なのではないか、このままではヤバイのではないかと心の奥底で密かに恐れつつ、ただひたすらに、それなりに懸命だったのです。

で、そんな欲望全開の暮らしをしていた私が人生の折り返し地点に立ち、リアルな老後を想像してみたわけです。

収入の激減という現実を前に、欲しい服も靴も買えず、優雅な旅行にも行けず、ごちそうもガマンする……。「ないないづくし」です。楽しいことなんてあるんでしょうか。何をしても「昔だったらこんなことはなかったのに」なんてことばっかり考えてしまいそうです。

要するに、このままの状態でズルズルぼんやり人生を折り返してしまったら、相当にヤバイことになるんじゃないか。いくら今を贅沢に楽しんでいても、いや贅沢に楽しんでいるからこそ、将来はちょっとその贅沢が楽しめなくなったからといって勝手に惨めな思いに囚われ、情けない気持ちの持って行き場がなく、国が悪いとか、社会が悪いとか、今の若い奴らはどうしようもないとか被害者意識いっぱいになり、歳を重ねるほどに人相の悪いばあさんになって嫌われ孤立し誰にも看取られることなく死んでいくに違いありません！

これはゼッタイに何とかしなければいけない。

人生の折り返し地点を前に、そう危機感を抱いたわけです。

自分改造計画

で、何を考えたか。

仕事についてはとりあえずなす術がありません。会社の人事は会社が決めることであり、社員はそれに従うしかない。だから給料をもらえているわけです。とりあえずは目の前の仕事を頑張ってやるしかありません。

しかし、お金のモンダイについては私にもできることがあると思いました。

それは、「お金がなくてもハッピーなライフスタイルの確立」です。

この時追い求めていた「ハッピー」は全部、お金があるからできることばかり。で、もっとお金があれば、さらにもっとハッピーになれることばかりです。だからどれだけお金があっても結局は満たされない。まだ足りない、もっと欲しいという悪循環。

これは……よくよく考えれば地獄への道です！

根本的に考え方を変えなければダメだと思いました。

なぜなら、同じことを追い求めていては、お金がなくなった時、「我慢」をしなければならなくなるからです。我慢は一定の時間なら何とか継続することができるでしょうが、所詮は感情に無理やりフタをする行為です。一生という長いレベルで続けることはできないし、いやいや、できないという以上に、そもそも絶対そんなことやりたくありません！

そうではなくて、お金がなくてもハッピーだよね、という「何か」はないものか。いやもっと言うなら、お金がない方がハッピーだよね、という何か。

それを探さねばならぬ。探すだけでなく、着実に身につけなければならぬ。

先輩へのイヤミが、いつの間にかそんな決意へと転化していたのです。

その2

「飛ばされる」という財産

うどん県に流される

お金がなくてもハッピーなライフスタイルの確立を目指す……。

こう書くと何だか女性誌の表紙にでも出てきそうな小洒落たタイトルである。

しかし私にとってはそれどころではなく、実に深刻な課題であった。何しろ独身だし、自分の人生は自分で何とかしないと誰も面倒を見てくれない。ただでさえ老女が一人で生き抜くのは簡単じゃないのだ。せめて晩年の心の平安を保つためにも、これだけは何とか探し出さねば大変なことになる。

しかし、じゃあ具体的に何をどうすればいいかとなるとなかなか難しいのであった。

「なるほどああすればいいのか！」というような実践をモノにしている先達は、私が見渡した範囲にはどうも見当たらなかったし、なら自分で考えればいいんだが、何しろカネまみれの成金暮らしにどっぷり浸かっているからどうにもアイデアが湧いてこない。「セルフ小遣い制」にして日々使うお金に上限を設けるとかその程度のことしか思いつかず、しかしこれでは単なる節約に終わってしまい、「ハッピー」というより「忍耐」になってしまう。

なので、しばらくは何をするわけでもなくただ時が流れたのであった。

しかし人生とはよくしたもので、ほどなくして決定的な出来事が降りかかってきたのである。

それは、人類の中でも会社員という人たちに与えられた特別な試練。そう「人事異動」です。

当時38歳。人生の折り返し地点を目前に控えた私は、大阪版デスクから、四国は香川県の高松総局デスクへの異動を命じられた。

正直なところ、まったくの寝耳に水であった。入社直後は記者としてみんなと同様に地方勤務を経験したが、5年目から本社勤務となり、以来ずっと都会の大きな組織の中で仕事を続けてきた。で、自分ではこのまま本社もしくは本社に近い都会暮らしを続けていくんだと勝手に思い込んでいたのである。

高松は、入社して最初に赴任したノスタルジックな思い出の地であり、大好きな場所。とは言え、歳を重ねて再びそこへ舞い戻るとはまったく考えていなかった。「一旗上げるぜ」と田舎を飛び出して都会へ出て行った若者が夢破れ再び元の田舎へ戻っていくような、そんな哀感が心をよぎったことは恥ずかしながら否定できない。

まあ行けと言われればもちろん行きますよ。でもなんで私かなあ。まあ確かに優秀な社員でもないし、そのくせ言いたいことは言う生意気人間だったからなあ～。偉い人から「お前は不満分子だから」と顔を歪めて言われたこともあったなあ。それとも、これって……差別？　という例の悪魔のささやきも聞こえてくる。

「稲垣さんいよいよ島流しですか」という後輩の声にアハハと笑って、でも心は穏やかではなかったのだ。

14年ぶりに舞い戻った高松は、そんな私の心象風景にピッタリな、少し物悲しい街になっていた。

私がかつて勤務した頃はバブルのピーク。瀬戸大橋が開通し、さあこれから本州の大都会並みに便利で賑やかな暮らしをしていくんだという夢に向かって街はエネルギッシュに浮き立っていた。商店街には東京にあるようなブランド店が並び、映画館もたくさんあって、休日ともなれば本当に賑やかだった。

ところが私が高松を離れていた間に、バブルは弾け、瀬戸大橋も地元に恩恵を施すというよりも本州においしいところを吸い取っていかれる「ストロー」と化していた。橋脚の島に華やかにオープンした観光施設は次々と閉鎖され、県内唯一のテーマパークもリニューアルを繰り返すものの苦戦が続き、あれほど華やかだった商店街も、シャッターを下ろした店や潰れたまま放置され、何とも荒れた空気が漂っている。

代わりに賑わっていたのは、市の郊外にできた本州資本のショッピングセンターだった。都会のどこにでもある大型チェーン店が休日ともなれば車の大渋滞を引き起こすほどの人気を集めるその光景は、まるで私の愛した四国の雄・高松が本州の植民地になってしまったような、それは私自身の「都落ち」という感情と相まって、心穏やかならざるものを感じさせたのだ。

ここで暮らして、働いていくのかあ。だ、大丈夫だろうか……。

ケチな了見が人生を変えた

この時拝命した「総局デスク」というのは実にストイックな仕事であった。本社と違ってデスクは一人しかいないので、文字通り朝から晩まで会社に拘束されるのである。何しろ新聞社というのは、デスクを通さなければ記事が紙面に載らない仕組みですからね。デスクは何はともあれ夕刊と朝刊の締め切り時間に合わせて生活しなければならないのだ。

朝は8時半までに出勤。昼の夕刊締め切りを終えると昼の休憩。それが終わると夜10時前の朝刊締め切りに向けて仕事。

締め切りが過ぎても解放されるわけではない。後日に掲載予定の企画モノや連載記事を仕上げたり、記事が書けず悩んでいる総局員の話を聞いたり。何しろ若者はやる気いっぱいなのでデスクに相談したいことが山のようにあるのです。しかも話が全然まとまっていないので要点になかなか行き着かない。日付が変わってから自転車にまたがり夜中の住宅街をヨロヨロと帰宅することもしょっちゅうなのであった。

なので、遊ぶ時間はおろか、外食する時間もないのである。

つまり、どういうことか。

そうなんです。お金を使う機会がない⁉

あ、もちろん休日はあるので、その時にお金を使うことは可能だ。

しかし疲れ気味の地方都市では、都会で何年も金満生活を送っていた私が「買いたい」と思うものはそれほど多くはないのであった。都会ふうの店、都会ふうのレストランというのは、やっぱり都会そのものではないのである。

要するにですね、私はまず物理的に、そして非常にネガティブな理由で、それまでの「金満生活による幸福の追求」を諦めざるをえなかったのであった。

これは……いや確かに「お金を使わないライフスタイル」ではある。

しかしハッピーかと言われると、とてもそうとは言えない。ただただ地味で、パッとしない田舎暮らしだ。

これじゃあいかん！

何とかして、都会とは違う楽しみを見つけ出さなくてはならない。

振り返ると、当時の私は「楽しみを見つける」ことに真剣であった。それはおそらく、私を「飛ばした」人間どもに向かって「私を厄介払いしたつもりかもしれんが、おあいにくさま！」「私はこんなに楽しく面白く幸せにやってますよ～」と言ってやりたいという何ともケチな了見であったのだ。しかし今にして思えば、そのケチな、そして必死の思いが人生を変えたのである。

私がまず通い詰めたのが、農産物の直売所だった。

今でこそ「道の駅」などを中心に直売所は大人気だが、当時はまだ黎明期で、地元のタウン誌で「直売所へ行ってみよう」という記事を見て初めてその存在を知った。どんなところか想像もつかなかったが他に遊びに行く場所もなかった。

赴任して初めての休日、地図を片手に迷いながら屋根だけの雑然としたスペースにたどり着く。これがなかなかのヒットであった。

コンテナに入った野菜が豪快に並ぶ。スーパーに並ぶ行儀のいいお野菜とは違い、極小サイズから特大サイズまで、さらに曲がっているのも二股に分かれているのも平気で置いてある。さらに農家のおばちゃんが作った寿司やらこんにゃくやらぼたもちやらも脈略なく並ぶ。

ワイルドである。面白い。そして何よりこんな場所は都会ではありえないというのが嬉しかった。山盛りの野菜を手に、必要以上に鼻息荒く帰宅。

大根キターッという幸福

以来、休日になると欠かさず各地の直売所に通う暮らしが始まった。葉野菜が充実しているところ、お米が充実しているところ、山の直売所では秋になると見たこともないキノコがたくさん出てくる。しかも両手いっぱい買って1000円もかからない。

洋服を買うのに（あんまり）劣らぬ楽しさなのにこの価格！

もしや……お金がなくてもハッピーって、こういうこと？

だが直売所の魅力は「安い」ことだけではなかったのである。

私が魅せられたのは、直売所には「ないもの」がたくさんあることだった。

スーパーでは、どんな季節でも一通りの野菜はいつだって揃っている。だが直売所で野菜を買うようになると、野菜というのはある季節にならないとまったく収穫できないものだということが否が応でもわかるようになる。

例えば、大根。自慢じゃありませんが私、大根の旬なんてまったく知りませんでした。いつだっておでんとか煮物とか大根おろしとか、食べたいと思ったら食べられるんだと思っていた。ところがですね、直売所では、大根は寒くならないと絶対に出てこないのだ。大根ないなー、まだかなーと思っているると、ある季節から突然売り場の棚はどこもかしこもでっかい大根だらけになる。

ようやく、ようやく……キターーーーッと思う瞬間である。

それから我が家の食卓はこれでもかと大根料理が続く。何しろ暖かくなったらもう消えちゃうんだから必死に食べる。白菜も然り。白ネギも然り。もちろん夏にならないと登場しない野菜っていうのもたくさんある。トマト、ナス、ピーマン。野菜は実にマイペースで人間の都合には合わせてくれません。

これってみなさん、どう思いますか。えーっ、困る、不便……そう思うのではないか。

それがですね、我ながら驚いたことに私、そのことがものすごく贅沢に感じたのだ。

いつだってスーパーに行けば大根が買えた時は、別にそのことが嬉しいともよかったとも思わなかった。しかし、夏が過ぎて、少しずつ寒くなってきて、さらにもっともっと寒くなって、ああそろそろ大根の季節だなー、フウフウ言って大根煮が食べたいなー、まだかなまだかな大根……と思い焦がれて焦ガレて、焦らされた末に……おもむろに登場する大根様！　やったー大根が売ってるぞーという嬉しさは本当に心踊るものがある。

いやもちろん高松でだってスーパーに行けば大根はいつだって買えるんですよ。でもこの楽しさを知ってしまったら、スーパーの便利さが実に物足りなくなってしまった。

いつでも満たされているということは、モノのない時代にはすごく贅沢なことだったのだと思う。しかし、いつでも何でもある現代において、もう「ある」ことを贅沢だと思う人はほとんどいないんじゃないか。

むしろ「ない」ことの方がずうっと贅沢だったのだ。

つまり直売所は私にとって、お金がなくても楽しめる場所であったばかりか、「ない」ことの方が「ある」ことよりむしろ豊かなんじゃないかという、それまでまったく考えたこともない発想の転換を迫る場所となったのだ。

思いがけない場所で、何かが見つかりつつあった。

誰も知らない山歩きにはまる

そして高松で見つけたもう一つの楽しみが「山歩き」。

これも、近所の本屋で『香川県の山』という本を見かけたことがきっかけだった。載っていたのは県内の人も誰も知らないような小さな里山ばかり。本当は私だって日本百名山とかに登りたいのである。しかし香川県にはあいにくそんな山はなし。とはいえ総局を預かる一人デスクは盆と正月以外は県外へ出られず、あるものを楽しむしかなかった。

地図を確かめ、農家の人に教えてもらいながらエラくわかりにくい登山口を探し、崩れかけた山道を黙々と登る。そんな地味な山に登る人はめったにいないらしく、農家の人には「どこ行くの」「よくやるねー」と随分笑われた。

しかしね、これが素晴らしかったのである。

まだ寒い春先、やんわりとした日の光の中で見た一面の桃の花。桃の花って見たことありますかね？　ピンク色の、桜よりもしっかりした花ですごく艶やかなのだ。それが見渡す限り咲いている。これが東京近郊だったら「今が見頃だ」っててんでぎっしりと観光バスが並びそうだが、ここでは誰もいない。「これこそまさに文字通りの桃源郷じゃん！」と一人興奮するも、その喜びを分かち合う人もなし……。

　冬のものすごく寒い日、山の小さなお寺に向かう道の途中で突然雪が舞い始めたこともあったっけ。急斜面に張り付くように立つ寺に着いた時は一面の吹雪で、その中で一人、お寺の鐘をつかせてもらったなあ（ついてもいいと書いてあったんです！）。見渡す限り誰もいない中で、「ゴーーーン」っていうバイブレーションが雪の粒の中をどこまでも広がっていく。まさに夢のような瞬間です。で、やっぱりこの感動を分かち合える人はなし（笑）。

　季節ごとに、また天候によってまったく違った表情を見せる自然。その中を一人そっと分け入って行くと、一歩先に何があるのか想像がつかないことばかりである。

こんな驚きと苦労と感激の連続を知ると、テーマパークやゲームなど、高いお金を払って楽しむ人工の娯楽がショボいものに見えてくる。まさに「人生至るところに青山あり」。しかも、それを楽しむのに1円のお金もいらない。

お遍路さんの笑顔はなぜスゴイのか

そんな日々の中で、今も忘れられない出来事がある。

ある日、いつものように長時間労働に疲れきり、そして底意地が悪く無能で、しかし権力だけは持った本社デスク（すみません、当時はそう思っていたんです……）との不毛な交渉事にすべてを投げ出したくなり、しかしもちろんそんなことはできず、せめて休日だけはと必死で早起きして山道をせっせと歩いていた時、歳の頃は70前後だろうか、ある遍路姿のおじいさんとすれ違い、いつものように「こんにちは」と挨拶を交わした私は、まったく予期していなかった激しい感情に襲われた。

そのままテクテクと一人で歩きながら、突然ワーーーッという勢いで涙が出てきて出てきて、どうにも止まらなくなったのである。

悲しいとか嬉しいとか、そういうことじゃないのだ。

あえて言うならば「無」であった。

しかし非常に激しい無。何だかわからないが、ただひたすらに、とめどなく何かが溶けていく感じなのである。

原因は、はっきりしていた。おじいさんの笑顔に、やられたのだ。


一人で山道を歩いていると、よくあの白い独特の装束と杖を携えたお遍路さんとすれ違った。香川県の山道は、遍路道と重なり合うところが多いのだ。で、そのお遍路さんたちの笑顔が何ともすごいのである。

私は人生において後にも先にも、あんな笑顔は見たことがない。すれ違う時に「こんにちは」という挨拶を交わすだけなのだが、そしてもちろん普通の人だって挨拶する時は笑顔なんだが、あの白装束を着たお遍路さんたちの笑顔は、何というか、その裏に一切の裏も躊躇も照れもない……ああなんと表現していいのかわかりません。あえて言うなら「澄みきった笑顔」なのだ。ああ笑顔っていうのは本当はこういう表情だったのかと、初めて気づかされるような笑顔……。

そしてあの日、それは自分の中にあるちっぽけで固くてゴリゴリになった石のようなものに、ビーム光線のように突き刺さってきた。それは私の中の石を、なぜだかわからないが一瞬にして溶かしたのである。

以来、いったいあの表情はどこから出てくるのか。深く考えざるをえなかった。

お遍路さんたちは隣の徳島県からスタートして、高知県、愛媛県の道を歩き、香川県でゴールを迎える。つまり、私が出会ったお遍路さんたちは、いろいろな思いを抱えて一人で苦労して苦労して黙々と歩いて、その中でいろんな人や自然の親切や試練に出会いながら、やっとやっとゴールに近づいている。そういう状況をくぐり抜けたからこそのあの笑顔だとしたら……。

人の幸福とはいったい何なのだろう。私たちはいつも、モノやお金や地位を求めて日々あくせくとしている。それを手に入れることができれば幸せになれると思うからだ。しかしお遍路さんたちは何も持たず、身一つで、ただ一人苦労に飛び込んでいく。そこにはおそらくは人に言えない、どうしようもない苦しみが横たわっているのだろう。そこに幸福があると思ってそうしているわけではなく、おそらく止むに止まれずそうしている。

そうして最後に獲得したのが、あの澄みきった笑顔なのだ。いや、あれは獲得したわけではなくて、その人の中に元々あったものなのだろう。しかしそれはここへ来るまではその存在すら忘れ去られ、心の奥底に干からびたまま打ち捨てられていた。それが、欲望も思惑も恨みもすべてを捨て去った時、初めて水を与えられ生き生きと蘇り、表に出てきたのではなかろうか。

私はそれまでずっと、何かを得ることが幸せだと思ってきた。しかし、何かを捨てることこそが本当の幸せへの道なのかもしれない……。

こうなってくると、お金を使わなくてもハッピーなライフスタイルどころか、お金とハッピーの関係すらわからなくなってきたのである。

そんなこんなをあでもないこうでもないと考えているうちに、何が起きたか。

そう、どんどんお金を使わなくなった。いや使わないというより、別に「使いたい」と思わなくなってきた。

そしてその結果として、少しずつ、しかし着実にお金が貯まり始めたのである。

うどんと貯蓄の深い関係

お金って不思議だ。

誰もが、お金があれば幸せ、そうじゃなければ不幸だと思っている。私もずっとそうでした。だからお金が欲しいのである。でもどうもお金って、それほど単純なものじゃないみたいだ。意外にねじくれているというか、複雑な性格の持ち主らしい。

というのも、「お金が欲しい」と思っている人（かつての私）のところへはなかなかお金は集まらない。いったんは集まっても、すぐに離れていってしまう。なぜならすぐ使ってしまうからだ。ところが「もうお金は別にいいや」と思った瞬間に、何だかお金の方から近づいてきて、しかもなかなか離れていかない。

私はそのことを香川県で学んだ。お金は今も私にとっては永遠の謎である。

最近は、お金って異性みたいなものなのかしらと思ったり。追っかけていくと逃げていくし、いやどーでもいいよとつれない態度を取るとなぜだか向こうからやってくる。

せっかくなので、ここで少し観点を変えて、もうちょっとお金について考えてみたい。

「島流し」にあったおかげで人生における一つの知恵を獲得し、その結果としてお金を使わなくなり、さらにその結果としてお金が貯まり始めたのだが、それではこれが果たして全国に数多ある他の地方に行ったとしても同じことが起きていたかというと、そうはいかなかったかもしれないと思うことがある。

というのも、香川県というのは、実は「お金」に対して全国的にもユニークな、独特の哲学を持つ場所なのだ。

あまり知られていないことだが、香川県が誇る2つの「日本一」がある。

一つは、言わずと知れた「うどん」。一世帯当たりのうどん・そば消費量が、ご想像の通りダントツで日本一。全国平均の2倍以上だ。私も新人時代に香川県にいた時は、警察の記者クラブで昼は必ずうどんの出前をいただいていた。

ちなみにこのうどん屋さん、讃岐うどんブーム後の今でこそガイドブックに必ず登場する有名店だが、当時はただ近所にある普通のうどん屋さんとしか思っていなかった。しかし当たり前にこれがうまい。で、多くの場合「大」を注文していた。さらに、夜飲んだ後の「締めうどん」は当たり前であった。そしてうどんは結構太るのだ……。ですからこの頃、私は間違いなく人生最大に太っておりました。しかしまったく後悔はしておりません！あ、話が逸れてしまいました。しかし、それほど香川県の人は何につけうどんを食べる。要するに、うどんは何ら特別なものではなく、香川県民にとっては日常の「主食」なのだ。

で、もう一つの日本一が、これはほとんど知られていないと思うのだが、一世帯当たりの平均貯蓄高が日本一なのである（２００８年当時）。

これは少し意外なことではなかろうか。何しろ、四国の経済活動というのは日本全体から見ればかなり小規模なものなのだ。４県を合わせても、四国のＧＮＰは日本全体の３％と言われている。経済規模がその程度だから、県民だってそんなに儲けているわけではないのである。

しかし、貯蓄高が高い。これはいったい何を意味しているのか。

その答えは一つしかない。

すなわち、香川県の人はお金を使わないのだ。

で、この「うどん消費量日本一」と「貯蓄高日本一」の間には、実は密接な関係があるのではないかというのが私の仮説である。で、この仮説そのものが、私のお金に対する考え方に、実に大きな影響を与えている。


香川県の人はなぜお金を使わないのか。それは、何と言ってもこの「うどん」に原因があるのではないかというのが私の仮説である。

何しろ香川県のうどんは本当に安い。香川県の人が日常的によく利用する「セルフ」系の店の場合、素うどんであれば1杯100円台。ここに何をのっけるかで値段は違ってくるが、めいっぱい奮発して天ぷらを3種類のっけても500円を超えることは難しい。まして1000円に届くなんて普通はありえない。

なので、香川県の人は、都会では当たり前の、ランチに1000円以上取る店には行きたがらない。なぜなら、彼らが必ず言うセリフが「それやったらうどん○○杯食べられる」。つまり、うどん1杯というのが、彼らがものの値段を考える際の「単位」となっているのだ。「円」ではなく「うどん」。

これは試しにやってみればわかるが、ものすごくリアリティーのある単位である。円ではお腹は膨れないが、うどんは確実に人間を半日は生きながらえさせるからだ。人間は食べなければ生きていけない。つまり、品物やサービスが「高いか、安いか」を判断するのに「うどん」を基準に考えるということは、生きていくためにお金をどう使うべきかということを瞬時に判断しているということになる。

例えば、香川県で非常に苦戦をしていたのがテーマパーク。バブルの頃に遊園地のようなテーマパークのような施設ができたのだが、これが、様々な経営者が手を替え品を替え、模様替えをして何とか客を集めようとしても、なかなかうまくいかない。

それはいったいなぜなのか。当時の若い総局員に取材してもらったのだが、彼の分析はこうだった。すなわち、入場料に数千円も取るような施設は、香川県では成り立ちようがないというのだ。なぜか。そう、香川県民は「入場料だけでうどんがウン十杯食べられる」と考えるのだ。つまりは、あまりにも高い。もったいない。シビアである。テーマパークは「夢」を売る商売なので、現実の生活は度外視してお金を払うことで商売が成り立っているのだが、そんなドリーマーの理屈は香川県の人には通用しない。

これがいいか悪いかは受け止め方によるであろう。しかし間違いなく言えることは、このような考え方をしていると、確実にお金が貯まるということだ。しかも、お金を貯めるというと、多くの場合「我慢」が必須であり、すなわち将来の安心のために今を犠牲にするという考え方が常識になっていると思うのだが、香川県の人はそうではない。

彼らは我慢してテーマパークに行かないわけではないのだ。ただ、納得のいかないお金は払いたくない。その方が心地よいからだ。で、その結果お金が貯まる。

これって、なかなかにすごいことではないだろうか。そして、それを当たり前にやってのけているのが「うどん県」の人たちなのである。

で、それだけじゃありません。あともう一つ、私が「すごいな」と思っていることがある。

それは、彼らの「基軸通貨」であるうどんを売っている人たちのことだ。

名著『恐るべきさぬきうどん』がベストセラーとなったことをきっかけに「讃岐うどんブーム」が発生し、それまで地元の人向けに地味に営業を続けていた各地のうどん店に全国から「巡礼」に訪れる人が珍しくなくなった。その影響で、田舎の小さな店舗に県外ナンバーの車が押し寄せ、長蛇の行列ができ、お店の人は近所の苦情にも対処しなければならなくなった。自前で駐車場を確保したり、お客さんが落ち着いてうどんを食べられるようにと店を拡張して机や椅子を置いたりと、それなりの投資を迫られた店も少なくなかったのだ。

で、これは浅ましい私の素人考えですが、普通そこまで投資したら、そしてこれだけのお客さんが集まるようになったら、ちょっとは値上げをして儲けてやろうという店が出てきてもおかしくないのではないだろうか。

もちろんそういう店も一部ではあったのかもしれない。しかしほとんどの店が、ブームになったからといって値段を上げることはしなかった。相変わらず1杯100円台レベルの値段で、押し寄せるお客さんを当たり前にさばき、それはそれは忙しく、しかし平然と営業を続けていた。

これぞ、基軸通貨たるうどんを扱っている人たちの矜持ではなかろうか。商売とは、ただ売って儲ければよいというものではない。ものの値段とは需要と供給によってのみ成り立つものではない。その「モノ」が何であるかによって、許される値段と許されない値段がある。その分を守ることが、長い目で見ればその商売を守ることになるのである。もちろん損をしては元も子もないが、儲けすぎてもいけない。

まあそんなことは私が言わなくても商売をしている人なら百も承知のことだと思いますが、言うは易し、行うは難し。特に物事はおしなべて好調の時に間違いの種が育っていくものだ。そう考えると、ブームの中にあって、ただお客さんに喜んでもらうこと、周囲に迷惑をかけないこと、そして調子に乗って儲け過ぎようとはしないこと、これを守り通した「うどん県」の基軸通貨を生み出す人たちの真っ当な心意気に、改めて経済とは何か、お金とは何かについて、深く教えられたのである。

こんな偉大な「うどん県」でありがたくも暮らさせていただくうちに、私も着実に変わっていった。お金についてもっと真面目に考えなければいけないと思ったのだ。ただお金があればハッピーでリッチ、なければ不安で不幸。それまでずっとそんなふうにしか考えていなかったのだが、どうも、お金ってそんな単純なもんじゃない。

自分だけがお金を溜め込んでわがまま放題に使うことがハッピーなんだろうか。いやきっとそうじゃない、お金は、欲を出さなければ自然に自分のところに集まってくるのだ。で、問題はそれをどう使うのか。その使い方によって、ただ「好きなものを買う」というレベル以上の、もっと面白いこと、もっとすごいことが手に入るんじゃないのか。

何だかうまく言えないのだが、とにかく讃岐人たちに学ぶところは非常に非常に大きかったのである。

恐るべし讃岐うどん。

しかし、まさに恐るべきはうどん県の人々なのでありました。

兎にも角にも、私も讃岐という地に縁を得て、お金を使わぬ暮らしがすっかり身につき、まさに人生の折り返し地点において「お金を使わなくてもハッピーなライフスタイル」を着実に身につけていくことになったのである。

会社員生活と50歳

そして、思えばこの頃、私は記念すべき一言を発したのでした。

それは高松の親しい友人と話をしていた時のこと。

新聞社という会社には頻繁な転勤がつきもので、私が拝命していた総局デスクの場合は2年程度で次の勤務地へと異動するのが相場だった。たまたまそんなことが話題にのぼり、彼女が「えーっ、いややわー、寂しいわあそんなん。もう会社辞めて高松に住んだらええのに」と言った。もちろん本気でそんな提案をしたわけではなく、親しみをそんな形で温かく表現してくださったのだと思う。

ゆえにこちらも、本来なら軽く受け流すべきところであった。「そんなん無理やー」と笑うか、「そやなー、もうこっちで暮らそうかなー」と冗談にしてしまうか。

しかしその時、私の頭の中で彼女の言葉は妙に引っかかったのである。

会社を、辞める？

そんなことは、それまで考えたこともなかった。せっかく安定した会社に就職し、その中でそれなりに戦って、小さなあるいは中くらいのバツはたくさんつけられたとしても、何とかかんとかここまでやってきたのだ。それは、これからもずっと会社に勤め続けることが当たり前の前提だったから。だからこそ、嫌なことや辛いことがあっても「もうやっとれんわ〜」などとちゃぶ台をひっくり返すことなく、ここで踏ん張れなくてどうすると自分を励まし続けてきたのである。

しかし、まさか……辞める？　途中で？

この時、ほんのチラリとだが、心の中で「それ……もしかして……アリかも……」という思いが点滅したのだと思う。なぜなら私は、気づけばこんなふうに答えていたからだ。

「いや、50までは辞められない。50になったら、考える」

いや言葉というのは恐ろしい。瞬間的に、それまで考えもしていなかったことがいきなり飛び出してくるのだから。

しかし後から振り返ると、すべての言葉にはそれなりの理由が積み重なっているのだと思う。

で、なぜこんなことを言ったのか。今振り返ると、一つはやはり、当地にて「お金がなくても幸せに生きていく方法」を発見しつつあったことが何といっても大きかったと思う。身も蓋もないことだが、やはり会社と会社員を結びつけている最も大きなものは「給料」である。多くの場合、会社員は給料に見合った暮らしを志す。なので、給料の寡多にかかわらず、会社を辞めればそれまでの暮らしが成り立たなくなる。だから会社を辞めるのはなかなか難しいのだ。

しかし私は高松において「もらう分だけ使う」生活から徐々に離れていった。それは決して将来のために我慢をしたわけじゃなく、それで十分に楽しかったから、いやむしろその方が楽しいんじゃないかと思い始めたから。その結果、期せずして「もらうお金」と「使うお金」が切り離された。そうなると、何より気楽な独身だし、やりようによっては、いつか会社を辞めるということも選択肢としてありうるのではないかと瞬時に考えたのだと思うのである。

で、なぜいきなり50歳という数字を持ち出したかは未だによくわからない。

しかし一つだけ思い当たることがある。

それは、かつて宗教学者の山折哲雄先生に取材をさせていただいた時、「古代インド人は人生を4段階に分けて考えていた」と伺い、そのことが強く印象に残っていたせいだと思うのだ。

この4つとは「学生期」「家住期」「林住期」「遊行期」である。

「学生期」は、社会に出る前の時期ですね。親に守られ育てられ、学校で学び、独り立ちするための準備をする。

続いての「家住期」は、社会に出て仕事に就き、プライベートでは家庭を持ち子どもを育てる。

……ここまでは、我々日本人にも一般的な考え方だと思う。

問題はこの次だ。

日本では一般的に、会社に就職した人は、定年退職で仕事を辞める。そして「定年後」の人生が始まる。長寿社会になってこの時期を「第二の人生」と呼ぶ人も多くなったが、いずれにせよ、「学生期」「家住期」「定年後」の3段階で人生を捉えるのが普通ではないか。

しかし古代インド人は、ここをさらに2つに分けていたというのである。そのポイントになるのが、3つ目の「林住期」だ。

「林住」、つまり林に住む。すなわち家出をするのである。仕事も子育ても一段落したら、家庭から離れ、世俗を離れ、何もない林に住む。

しかし世俗を離れるんだけれども完全に離れるわけじゃなくて、時々は妻子の顔を見に家に帰ったりする。ちなみに最後の「遊行期」では完全に宗教的な世界に入っていくのだが、林住期はそこまではいかない。

退路は絶たず、いわば「お試しの宗教生活」を送るといった感じだろうか。中途半端といえば中途半端、無責任といえば無責任。

しかし寿命がこれほど長くなった今、この「林住期」という考え方は、これからの日本人の人生観にとって大いなるヒントになるのではないか？　というのが山折先生のお話であった。

30代前半だった当時の私には、面白いなあと思いつつもまだ他人事の話であったと思う。しかし歳を重ねるにつれ、この「林住期」が少しずつ自分の問題として気にかかるようになってきた。

会社でも中堅の年齢になってくると、身近な先輩が定年退職していくことも多くなる。なかなかに苦労が多いようにお見受けした。お金のこともあるが、それ以上に「何のために生きていくのか」という目標を失う苦しさは、はたから見る以上のものがあるように思うのだ。それは我が身を振り返るとよくわかるのである。組織の中で競争に次ぐ競争を繰り広げ、勝てばその分地位や報酬も得られるという「よくできたゲーム」を何十年も繰り返してきた身には、悠々自適の生活などというのは意外なほど魅力のないものに違いない。

それを思うと「会社員」→「定年後」というのは、あまりに乱暴なギアチェンジのように思えてくるのだった。

定年というのは、あくまで会社が時間で区切った物理的な時期にすぎない。そこに自分の人生を委ねてしまうのはあまりにも危ういのではないか？「第二の人生」と言うけれど、それはオマケの人生でも、二流の人生でもないはずだ。会社員をしていると、ややもすれば、バリバリ働いてバリバリ稼ぐことが人生の「華」であり最も輝かしい時代のように考えてしまいがちだが、そもそも人の一生に、表も裏も本番もオマケもあるはずもない。すべてがかけがえのない自分の人生である。

そう考えると、「第二の人生」というのは思った以上に、ものすごく真剣に、それなりの時間をかけて探っていかねばならないんじゃないか？　とすると「林住期」って、もしかして、その大切な大切な「探っていく時間」なのでは？　だとすれば、それって……いったいいつから始めればいいんだ？　という疑問が心の底に居座るようになっていた。

「いつから」というのは、少なくとも定年前の方がいいように思えた。いやもちろん定年後でもいいと思うが、やはり人様にその時期を区切られるのでは、何だかんだ言って日々の雑事に追われて準備も決意も不十分なまま何となくズルズルその日を迎え、結局いつだかわからぬまま「老後」というぼんやりした時間に突入してしまいそうである。

体力的な問題もある。何か新しいことを始めるためには相応のエネルギーが必要だ。もちろん個人差が大きい問題だが、私の場合は60歳では少し遅いような気がする。

そんなこんなで、何となーく「50代」＝「林住期」というのが、どうも私の心の底に渦巻いていたらしいのである。

そんな潜在意識が、この高松の友人との会話でいきなり表に出てきたものだから、私自身がかなり驚いてしまった。

「50歳までは頑張る」。そう。まだ会社を辞めるわけにはいかない。辞めてやっていけるかどうか、生活のことも含めてそれなりの計画と準備が必要だ。そしてそれより何より、私はまだ会社でやるべきことを全部やった気はしていなかった。もっと自分の力をつけたいし、同僚や先輩から学びたいし、会社への恩返しもできていない。

「50になったら、考える」。そう。まだ辞めるわけにはいかないけれど、いつまでも会社にいようなんて考えちゃいけない。物理的にも、精神的にも、いずれは会社から自立して「林住期」に入る時期を探らなくちゃいけない。

「ことだま」とは本当によく言ったものだ。

この時から、「50歳で会社を辞める」という選択肢が、私の頭の中で少しずつ現実味を帯びて像を結び始めたのである。

その3

「真っ白な灰」になったら卒業

会社なんて怖くないかもしれない

そして今になって振り返ると、思えばこの頃から、ほんのわずかずつではありますが、私と会社の関係が揺れ動き始めたのでした。一言で表現すると、会社というものがだんだん「怖い存在」ではなくなっていった。

と同時に、仕事がものすごく面白く、自由なものになっていったのです。

なんていうふうに書くと、何か会社にひどいことをされたとかビクビクしながら働かされていたとか誤解されるかもしれませんが、そんなことではありません。朝日新聞というところは世間が思う以上に懐の深い会社で、ただ勢いだけで入社したおっちょこちょいの新米記者も、信じられないくらい面倒見のいいたくさんの上司や先輩に恵まれてスクスクと育ったのでした。

私の突拍子もない至らぬアイデアを面白がり、そしてアイデアばかりが先走って足りないところだらけな取材の大きな穴を補うよう辛抱強く指導してくれた諸先輩方は本当に神様仏様です。もう一生足を向けて寝ることはできません！　改めて思い起こせば、当時の私は「生意気を言うばかりでまったく実力が伴っていない」という最もメンドくさくて嫌ったらしい新人であったことは１００％間違いない。その可愛くないヤツを、自分には何の益もないのに「何とかしてやろう」と思った人が何人もおられたということは、まさに同じ志を持つ仲間が集う「会社」という場ならではの奇跡であったと思うのです。

おかげで、長い試行錯誤を経て曲がりなりにもプロの記者として自立することができました。自分で「面白い」と思うことを見つけてきて、企画を立て、上司と交渉し、紙面に載せる。その一連の作業が何とかできるようになったのです。これさえできるようになれば、新聞記者はどんな場に異動しても何とか自分なりに生きていけるというのが私の実感です。

しかし一方で、いくらわがままな私とて、恥を忍んで正直に告白すれば「上からの評価」というものはやはり気になっていたのです。いやできることなら自分はそんなタイプじゃないと思いたかった！　私は今まさに憧れてきた新聞記者そのものであって、これ以上何を望むことがあろうかと日々の取材に無心で邁進できればどれほどカッコよかったか。

でもコトはそれほど単純じゃなかったのです。

会社の評価が低ければ社内での居心地は着実に悪くなり、記事も載らなくなってくる。新聞記者を殺すのに刃物はいらぬ、書いた記事が載らなくなれば記者は生きていけません。せっかく協力してくれた取材先の信用もなくし、取材そのものも億劫になってくる。加えて、前にも書いたように、女性記者というマイノリティーだったので人並み以上に成果を出してようやく一人前と認められるという苦しい思いもあった。

そんなこんなで、同僚に見劣りしない成果を出さねばならない、弱みを見せてはいけない……それができなければいつ組織からはじき出されてもおかしくないという強迫観念に囚われ続けていたように思います。

さらに私にとって思いもかけなかったのは、いくらキャリアを重ね経験を積んでもこの強迫観念はちっとも減らないどころかむしろ強まっていくという、「いやいや聞いてないよ！」と言いたくなるようなショッキングな現実でした。

若い頃は、歳を重ねてベテランになればもっと自由にラクになれると思い込んでいたのです。記者としての力もつくだろうし、後輩をアゴで使える立場になるのだから、先輩風を吹かせて余裕綽々で会社で大きな顔をしていられるんじゃないかと。

ところが現実は、思いもかけずまったくの逆だった！

前にも書きましたが、修業時代を経て中年期にさしかかった社員は、会社による「選別」の対象になってきます。昨日までの仲間が、あるいは後輩が、今日からは上司になるということも当たり前に起きてくる。かつて部下として教えたり叱責したりした相手が、今度は自分の原稿を直したり企画にダメ出しをしたりするわけです。そのことに心の底から平然と耐えていくことができなければ日々の仕事が成り立たない。せっかく手に入れた記者としての自立も絵に描いた餅になってしまいます。

そして私には、それに平然と耐えられる自信がありませんでした。

結果、かつて私を辛抱強く守り育ててくれた「会社」というものが、歳を重ねるにつれ、いつ自分を傷つけるかもわからない恐ろしい存在に思えてきたのです。そしてその「心の戦い」はこの先10年以上、ますます苛烈さを増しながら続くに違いない。その恐ろしさに私はいつまで耐え続けなければならないのだろうか。そして会社に負けた時、自分はいったいどうなるのだろうか……。

そんなことを考えると、あれほど好きだった新聞記者という仕事そのものも、失敗を恐れ減点されないようにとビクビクしながらこなすものに変わっていってしまいそうなのです。

仕事とは何なのか。会社とは何なのか。

中年期にさしかかった私は、そんな、どうやっても先行きの見えない暗がりに迷い込みかけていた。

ところがうどん県での暮らしを経て、私は何だか少しずつ開き直り始めていたのでした。

「それがどうした」という気持ちになってきたのです。「それ」というのはもちろん、自分の評価です。

なぜか。原因はおそらく、一つしかありません。

「お金」です。

お金と仕事の奇妙な関係

世間で当たり前に思われていることの一つに「お金をたくさんもらえる人は一生懸命働く」ということがあります。しかしこの時、私に起きたことは、むしろその逆でした。

これまで書いてきたように、私は中年期を迎えてにわかに老後が心配になり、今のような金満生活はいつまでも続かないという現実に対処しなければと焦り、「お金がなくてもハッピーなライフスタイル」を確立せねばと徒手空拳を繰り返してきました。そして、様々な人たちに出会ってかけがえのない教えを受け、次第にその方法が少しずつ見えてきた。

そして何が起きたかというと、お金がどうでもよくなったとは言いませんが、「給料に見合った生活をしたい」とは思わなくなったのです。

お金がなくても楽しいこと、むしろお金がない方が楽しいことも世の中にはあるのだと気づき始めると、それまで当たり前のように考えてきた「給料を目いっぱい使って贅沢をしよう」などという考えは、自然にどこかへ飛んでいく。そんなことは眼中になくなっていく。

すると、給料をいくらもらえるかということに関心が薄くなっていく。

そうなると次第に、会社に支配されているという感覚、会社に嫌われないようにしなければという感覚が、明らかに薄くなり始めたのです。

もちろん現実には会社の給料で食べているわけですが、それでも、いざとなったらそんな給料なきゃないで何とかなるワイと妄想するだけで、不自由になりかけていた仕事が、少しずつ自由なものに戻っていった。

そこで何をしたかというと、誰にも頼まれちゃいない仕事に顔を突っ込み始めたのです。

例えば、当時高松で取り組んだ仕事に「締め切り時間を早める」ということがありました。

これが業界の常識から見ていかに波風を立たせることだったかは一般の方にはわかりにくいと思うので、少し説明させていただきます。

新聞社にとって、締め切り時間というのは非常に重い存在です。つまり、締め切り時間が早いと「遅い」ニュースが入らない。例えば朝刊に、前日のプロ野球の延長戦の結果が載せられなかったりするわけです。新鮮なニュースを読者に届けようと思えば、締め切りは遅ければ遅いほどよい。そのために各社は莫大な投資をして全国各地に印刷工場を建て、あるいは印刷工程を効率化し、締め切り時間と新聞が読者の手に届くまでの時間をできるだけ短くしようとしてきました。

で、その結果どういうことが起きたか。

私が新人時代に同じ高松で働いていた頃は、午後6時を過ぎる頃には皆ほぼ仕事を終え、若い同僚同士で毎晩のように飲み食いに出かけました。締め切り時間が早かったからです。壁にぶち当たってばかりの駆け出し記者生活の中で、それは貴重な解放空間であり、愚痴や弱音を吐き合い、つまりは本当に楽しい時間だったのです。

ところが私がデスクとして高松に戻ってみると、様相は一変していました。総局員は夜10時近くまで全員が会社に張り付き、その日に出した原稿のチェックや確認に追われています。

原因は、締め切り時間が遅くなっていたためです。

昔とのギャップに驚き、夕食はどうしているのかと総局員に尋ねると「コンビニですかね」。えーっ!! いやコンビニが悪いとかいうことじゃないんです。しかし、毎日毎日コンビニ弁当というのはどうなのか。それを食べている総局員の姿を想像してみました。帰宅途中、コンビニに寄って弁当を買って帰る。あるいは仕事の途中で近くのコンビニで弁当を買って会社の机の上で食べる……。うーん。そこには会話がありません。私が古いのかもしれないけれど、食事というのはもっとこう、気持ちや人間関係を解放する場であるべきなんじゃないか。それに新聞記者というのは、いくら忙しくても世の中のことを書く以上は世間知らずであってはいけません。街の中へ出て、いろんな人を見て、いろいろなことを感じる機会は多ければ多いほどいいはず。コンビニも今の世の中の一断面だけれど、もっと世の中は多様性に満ちているんだから……。

それに、こう言ってしまっては元も子もないけれど、私が新人だった頃、すなわち締め切り時間がもっと早かった頃の紙面よりも、10時近くまで伸びてからの紙面の方がよくなっているかというと、そんなことはないんですね。夜になって起きた交通事故の小さな記事を載せられるようになった程度です。

それはもちろん意味のないことではありませんが、そのことが果たして、多くの総局員を夜中まで会社に拘束するほどの意味があることなのかどうか。「あまり意味がないんじゃないか」というのが私の結論だったのです。

で、締め切りを1時間以上早めるという、業界の常識に反する「荒技」を実現させたいと提案しました。社内各方面で少なからぬ批判を受けましたが、ありがたいことに当時の上司が全面的に矢面に立ってくれたばかりか、いざ表立って取り組んでみれば批判する人と同じくらい、影になり日向になり応援してくれる人たちがあちこちにいたのです。

かくして荒技は「実験」という形をとって何とかスタートにこぎつけ、紆余曲折を経ながらも全国の総局に広がっていったのでした。めでたしめでたし……と言いたいところですが、結果的にこのチャレンジは会社の地方リストラに利用された側面があり、会社というものはげに恐ろしきものよと思い知ることになるわけですけれど、まあそれは後の話。当時の私としては、このチャレンジは実に新鮮な楽しい出来事として強く記憶に残りました。

会社という組織を恐れていると、おかしい、不合理だと思うことがあっても、組織のパワーの前についい声を上げることをためらってしまいます。しかし誰もいないところで愚痴や文句を言う暇があるなら、頑張って正面から声を上げればよいのです。ダメでもともとと思えば案外どうということはない。

思わぬ発見もありました。

力のない身でも勇気を出して声を上げると、自分と同じ思いを持った同志がどこにいるのかが自然に見えてくるのです。いや、力のない身だからこそ見えてくるのかもしれない。だって私に協力をしたところで何のメリットもないのだから。その結果、これから自分のやりたいことをやろうとした時、誰に助けを求めればいいか、誰に相談すればいいかがはっきりしたと思いました。

要は私のやりたいことをどう実現できるかが重要なわけで、それは自分が偉くならなきゃできないとかじゃまったくない。私は朝日新聞の社長じゃないけれども、考えようによっては社長以上に自分の思う通りに会社を変えられることもあるんじゃないか。

「朝日新聞を変える会」

この経験に味をしめて、私は会社の方針の枠からはみ出した仕事を勝手に作るようになっていきました。

人件費削減のため地方リストラを目指して会社が新設したポストに就くよう任命された時は、提案された仕事の内容をやんわりと（たぶん……）断りました。個人的に、そもそもそんなリストラはやるべきじゃないと思っていたからです。

しかし何もしないわけにもいきません。頭をひねって戦略を練り、思いついたのが、全総局の地域面を読んで「イケてる記事」を発掘し褒めまくるレポートを書くことでした。私も含めて本社の人間は「総局はぬるい」「だらしない」と決めつけている割に、実際に総局員が日々どんな記事を書いているかなんて実のところちゃんと知ろうとしていなかったからです。総局の人間もそれを知っているから、双方に不信感ばかり募っておかしなことになっていく。リストラ云々の前にまずはそこから変えなきゃ始まらないんじゃないか。「要するに地方で働く人を活性化することが大事なんですよね」と、誰も反対しにくい理屈をつけて、毎週、社内メールで長大なレポートを大阪本社の全編集局員に送りつける活動を始めました。

たったこれだけのことでしたが、影響力は想像以上に絶大だったのです。それだけ会社は地域面を無視していたということでもあります。でも実際に読んでみれば、予定調和的なイイ子ちゃん記事が溢れがちな全国版の記事よりも、記者やデスクのゴツゴツとした思いの溢れた記事がたくさんあって実に面白い。私がしたことはそれを「見える」ようにしただけですが、それだけのことが会社の雰囲気を着実に変えました。次第に、よい記事に与えられる毎月の賞を、地域面の記事が席巻し始めるようになったのです。

それを快く思わぬ人もいて「お前はやり方が汚い」ときつい叱責も受けましたが、いやあその叱責望むところです！　むしろそこまでこの伝統ある組織を揺るがせたのかと勝手に自画自賛してほくそ笑んでおりました。何しろ、その頃になると私はどの総局へ出張しても実に温かい歓迎を受け、おいしい土地の酒や肴を食べながら若い総局員とワイワイと話をするという、中年独身女にとっては望外の楽しい時間を持てるようになっていたのでした。これ以上何を望むことがありましょうか。

社会部デスク時代は、本業の合間に「一人プロジェクト」と称し、本社の移転で閉鎖が決まった社員食堂のおじさんおばさんへの感謝の冊子作りをしたこともあります。お礼の思いを伝えたくて始めたことではありますが、実はそれ以上に、経営が苦しくなるにつれ自由な雰囲気も元気も失っていく会社のムードが嫌で、予算も人員もゼロでもできることは何かあるはずだと実証したかったのです。

そして本当に「何か」はできたのです。当初は社内メールを使ってアンケートを行い、編集及び製本作業は一人でやるつもりでしたが、大勢の社員がアンケートに回答を寄せてくれたばかりか、何千枚ものコピー紙を冊子にするため二つ折りするという地味すぎる作業では、お偉いさんからぺーぺーの若者までボランティアスタッフが集まり、さらにはイラスト制作を買って出るデザイナーさんも現れ……つまりは数えきれない人たちが自分の時間を使って協力を申し出てくれたのです。どれももちろん、会社の評価や査定とはまったく無縁。でも、人に何かを伝えたいという思いがあれば、そんなみみっちいこととはかかわりなく人は動いてくれるのだということがわかったのです。

「まだまだ朝日新聞の火は消えてない！」と、一人盛り上がっていたのでした。

お金がいらなくなると仕事が面白くなる

こうして改めて考えてみると、お金と仕事というのはなかなか複雑な関係にあるなあと思うのです。

「高い給料を払うと優秀な人材が集まる」という常識を、逆に社員の視点から言い換えると、こうなる。「高い給料をもらうほど、やる気が出てよい仕事ができる」。

外国のことはよく知らないのですが、少なくとも日本に関する限り、この考え方はすべての会社において当然のことと考えられているのではないでしょうか。

すなわち、会社ではエラくなるほど給料が上がっていきます。失敗をやらかせば罰として減給処分を受けたりします。すなわち、評価とお金はリンクしているわけです。ですから、お金をもっと稼ぎたければいい仕事をしなければならない。それが社員のモチベーションを高め、ひいては会社の発展にもつながる……それは何の疑問を抱く余地もない自明の理のように思われている。

しかし私の実感では、ことはそう単純ではないように思えるのです。というのも、私がこうして積極的に仕事や課題を見つけて取り組み始めたのは、「お金をもっと欲しい」という動機とは何の関係もなかったからです。

むしろ、その逆だった。

給料をいくらもらえるかということに無関心になると、自分の評価が気にならなくなってきます。「評価＝お金」なんですから。で、そんな小さなことよりも、つまり人から上司からどう見られているかということよりも、やるべきこと、やりたいことをやろうというふうになっていく。どう評価されようがかまいませんよ、もし何だったらクビにしてくださっても結構。いやもちろん口に出してそんなことは言いませんが、そのくらい根性の入った仕事をしたくなってくる。

これはなかなか爽快ですよ！

で、こういう社員がいることは実は会社にとっても悪くないことだと思うのです。給料をエサに社員を支配していると、どうしても上の受けばかりを気にする社員が跋扈するようになります。目先の短期的目標を達成するにはそれでもいいかもしれませんが、現代のように複雑で先の見えない時代には、ヒラメばかりでは到底やっていけません。

「私、朝日新聞を変える会っていうのを作ってるんだ」。いつの頃からか、そんなふうに言うようになりました。会員は一人（私）です。

ってなことを酒の席で披露すると、同僚や後輩から「私も会員に入れてくださいい」と言われることが少なくなかったのですが、きっぱりと断っておりました。

大事なのは「一人」ということだと思ったのです。

この頃になると私は、「会社とは、組織と個人の戦いの場」であると思うようになっていました。組織は強い。しかし強いゆえに弱いのです。事なかれ主義、長いものには巻かれろ。人間の持つ本質的な欲や弱さが集団になるとたちまち顕在化し、組織そのものを蝕んでいく。

これを止めるのは個人の力しかありません。一人で判断し、一人で責任を引き受け、一人で動く。それは小さな力ですが、自分一人が決断さえすれば、誰にも止めることができない。それゆえに弱いけれど強いのです。

もちろん、組織の論理がいつも間違っているわけでも、個人の論理がいつも正しいわけでもありません。しかし、この双方の力関係が拮抗しているのが「よい会社」なのではないでしょうか。問題は、自分が会社の中にあってもそのような個人であることができるかどうか。

言い換えればこういうことです。

いつでも会社を辞められるつもりの自分であるかどうか。


で、そうなってみると、ふとこんな考えが頭をよぎり始めたのです。

「仕事」＝「会社」じゃないはずだ。

「会社」＝「人生」でもないはずだ。

いつでも会社を辞められる、ではなく、本当に会社を辞める。

そんな選択肢もあるのではないか。

入社以来考えてもみなかったそんな思いが、自分の中で急速に膨れ上がってきたのです。

会社を辞めて生きていけるのか

この頃になると、会社は私の中では「何かをしてもらう対象」ではなく、「あれこれ面倒を見てあげねばならない相手」になっていました。そして、自分にできることはそれなりにやったという気持ちが大きくなってきていたのです。

会社からは無限の恩を受けてきましたが、その借りはそれなりに返したのではないか。

そしてこれからの10年を考えると、自分が会社のためにできることよりも、給料だのポジションだの「もらうもの」ばかりになってしまうのではないか。

人間は弱く欲深いものです。もらえるものはもらっておくという貧しい気持ちは私の中にも確実にある。

しかしそのアンバランスさは、ラッキーというより、むしろしんどい感じがしたのです。せっかく借金を返し終えたのに、それほど必要もないのにまた借金を始めるような感じ。

もう会社との関係はチャラにする時ではないのか。やはりここらが潮時なのではないか。

そして改めて考えてみれば、会社員ゆえにできたこともたくさんあったけれど、できなかったこと、我慢してきたこともたくさんあるのです。

長い時間をかけて本格的な山登りにも出かけたい。外国をふらふら貧乏放浪するのも長年の夢でした。あるいは別の仕事だって色々チャレンジしてみたい。農業とか、料理人とか、大工だってしてみたいのです。

そう考えてみるとどんどん夢が広がります。

会社を辞めれば私、何をするのも何を名乗るのも自由です。ミュージシャンだって、アーティストだって、カメラマンにだってなれますよ！　あくまで「自称」ですけどそれがどうしたと開き直ればいいだけのこと。縦笛やハーモニカを一生懸命練習しているミュージシャンがいたっていいじゃないですか。別にそれで食べていけなくたっていい。自分が納得していさえすれば、自分の肩書きは自分で決めればいいのです。誰に遠慮する必要があるでしょう。

なーんてことを考えていたらもう止まらなくなってきたのです！

50歳はもう若くはないけれど、それでも考えようによっては、人生はまだ可能性に満ちています。もう会社員としては十分に頑張ってきたと思う。かつて山折先生が教えてくれた「家住期」を終える時なのかもしれない。思いきって家を出て、何もない林の中に分け入って行く再スタートの時期なのではないか。

もちろん、ここでたちまち問題になるのが「どうやって食っていくんだ」ということです。

そのことはさすがの無謀な私とて考えに考えました。しかしこれは、意外と何とかなるのではないかと思うに至ったのです。

というのも、これからの大きな日本の社会問題は「人口減少」と「空き家の増加」です。これは経済成長を目指す立場から見れば共に足かせでしかありませんが、無職を志す身としてはこれほど強い味方はありません。

何しろ、今やどこでも人手不足は深刻です。求人募集の張り紙は街中に溢れ、しかもほとんどの場合いつまでも貼られている。そんな中では、いくら要領が悪く経験も浅い中年女であっても、仕事の中身をあれこれ選り好みしなければ、いざとなればアルバイト先に困ることはないのではないか。恥をかき一から学ぶことを厭わない気持ちさえあれば、働くスキルは少しずつ身につけることができるはずです。肝心なのは能力よりも、妙なプライドを捨てられる力ではないか。私にそんな力があるかどうかはわからないけれど、力がないのなら力をつけるよう頑張ることはできるんじゃないか。

そして住む場所にさえこだわらなければ、高い家賃を払えなくなっても、空き家を補修して住むことはやりようによってはいくらでも可能なのではないか。もちろん、今はまだそういったシステムを誰かが確立してくれているわけじゃありません。空家には持ち主それぞれの個別の事情があり、単純なビジネスに乗せることは難しいからです。しかしそれも考えようで、見知らぬ土地で頑張って縁を作り、友達を作り、少しずつ信頼を得て、家を借りる……という一連の過程は、実に壮大な大冒険です。それ自体を生きる目標にしたっていいくらいです。お金さえあれば何とでもなるという世界よりも、実はずっとずっと楽しそうじゃありませんか。

そんなふうに考えていくと、お金の問題は、実は本質的な問題ではないのではないかと思えてきたのです。肝心なのは、それまでの自分の常識をどのくらいひっくり返すことができるかではないか。そしてそれは、決して惨めなことでも辛いことでもないんじゃないか……。

節電イノベーション

そして、さらに私の背中を押す決定的な出来事がありました。

あの東日本大震災に伴い発生した、福島県の原発事故です。

事故が起きてから数週間のことを思い返すと、今も足の裏がスースーするような、底の見えない不安と、身の置き所がない申し訳なさに胸が詰まる思いが鮮明に蘇ってきます。あの頃は日本中の人が、果たして自分に何ができるのか、無力感に打ちひしがれながらも懸命に考えていたのだと思います。

私もその一人でした。

一人でもできることをしようと取り組んだのが「節電」です。目標は電気代の半減。なぜかというと、私が当時住んでいた神戸市は関西電力の管内で、その関西電力は供給する電力の半分を原発に頼っていたからです。関西に住む人はみな、大した自覚も感謝もないままに、暮らしの半分を原発にどっぷりと依存していたのでした。

「原発のない暮らし」とはどういうものか、果たしてそんな生活が本当に可能なのか。まずはやってみようと思ったのです。原発はないものとして、すなわちこれまでの半分の電気で暮らしてみようと。もしみんながそういう暮らしをすることができるのならば、自動的に「原発はいらない」ということになる。

しかし、電気代を半減するというのは、まったく生易しいことではありませんでした。

あ、もしあなたがそもそも「じゃぶじゃぶ」電気を使う暮らしをしていれば、そうでもないかもしれない。例えばエアコンや炊飯器、電気ポット、ホットカーペットやこたつなどを一日中つけっぱなしにしている家庭なら、使っていない時はこまめに切ることで、かなりの電気代を減らせると思います。

しかし私の場合はそうではありませんでした。

冷房が苦手でエアコンは滅多に使っていなかったし、ご飯は鍋で炊き、掃除もホウキと雑巾でこなしていたので炊飯器も掃除機もなし。一人暮らしですから電気ポットの類いもそもそも持ったことがない。月々の電気代は2000円台程度です。

ここから電気代を半減するのは、文字通り「乾いた雑巾を絞る」ようなものだったのです。

「無限の世界」を発見する

考えつくことは何でもしました。こまめに電気を消すとか、使っていない電気製品のコンセントを抜くとか。いろいろ頑張ったんです。でもその程度では半減どころかほとんど変化がない。発想を根本的に変える必要があると思いました。

試行錯誤の末、たどり着いたのが「電気はない」という前提に立って暮らすことでした。あるものを減らすという発想ではなく、そもそもないのだと頭を切り替えるのです。どうしても必要な時だけ、必要最低限の電気を使わせていただく。

そしてこの瞬間から、私はそれまでとは「違う世界」を生きることになりました。

そしてこの世界こそ、無限の可能性に満ちた世界だったのです。

それは、閉塞感に満ちた現代におけるイノベーションでありました。私の人生における革命でした。

人生の可能性というのはどこにどう隠れているかわかりません。

例えば、夜帰宅する。一人暮らしですから、鍵を開けると室内は真っ暗です。普通ならここですかさず電気をぱちっとつけるところですが、電気は「ない」のだから、そういうことはしません。まずは玄関にしばらくじっとして、暗闇に目が慣れるのを待つ。

これを話すとみなさん笑うんですけど、笑いごとじゃないんですね。

電気をつけなくたって、まったくどうってことはないんですホント！　意外に灯りというものはどこかにはあるもので、しばらく経つとうっすらと室内が見えてくる。そこでおもむろに靴を脱ぎ、家の中に入っていきます。着替えたり、トイレで用を足したり、風呂に入ったり、ほとんど何でもできる。

つまり、暗闇の中に、これまで気づかなかった、気づこうともしなかった明るさが立ち現れてくるのです。

テレビもつけません。それまでは、帰宅すると何はともあれテレビをつけていた。今から考えるとなぜそうしていたのか不思議ですが、結構多くの家庭がそうしているんじゃないでしょうか。しかし「電気はない」んだからノーテレビです。すると、そこに暗闇と静けさが出現する。これが実に心落ち着くんですね。暗いから五感も鋭敏になります。家の中に音がないので、窓の外から風の音や虫の鳴き声が聞こえてきます。これはかなり風流です。

つまり何かをなくすと、そこには何もなくなるんじゃなくて、別の世界が立ち現れる。それは、もともとそこにあったんだけれども、何かがあることによって見えなかった、あるいは見ようとしてこなかった世界です。で、この世界がなかなかにすごい。

つまりですね、「ない」ということの中に、実は無限の可能性があったんです。

でも私は頑張って「ある」世界を追求してきた。「ある」ことが豊かだと思い、そのために働いておカネを一生懸命稼いできた。しかし「ない」ことにも豊かさがあるとしたら、それはいったい何だったんだと。

そう気づき始めた私は、次々と電化製品を捨て始めました。

電子レンジ、扇風機、こたつ、ホットカーペット、電気毛布……。

どれも「あったら便利」あるいは「なきゃやっていけない」と思っていたんですが、まあ驚くことに、なきゃないで、不便でも何でもなかったんです。

電子レンジはご飯やおかずを温める程度にしか使っていなかったので、蒸し器で代用できたのでした。蒸し器で温めたご飯って、電子レンジとはまったく比べものにならない、めちゃくちゃふっくらしててうまいんですよ。これまで電子レンジを使ってきた30年だか40年だかって、まったく損してたんじゃないかと。

あと、こたつやホットカーペットの代わりに使ったのが「湯たんぽ」だったんですが、これがまたじんわりと実に気持ちよいのです。しかもひざ掛けと併用すれば、まさに移動こたつ！　一箇所に縛られて動けないこたつより何倍も便利です。

つまりですね、少し考えたり工夫したりすれば、まったく何とかなるどころか、むしろ別のものを使った方がはるかに快適だったり面白かったりするわけです。

極めつきが冷蔵庫でした。

まさに現代の必需品。これがない家なんてほとんどないんじゃないでしょうか。

例えば世の中には、冷蔵庫の中にはビールしか入っていないという人も少なくありません。それなら別になくたって大丈夫だと思いますが、私は趣味が料理で、仕事の日も毎日弁当を持参するような暮らしでしたから、冷蔵庫は様々な食材や調味料でぎっしりと埋まっていた。それがなくて本当に生きていけるのか、まさに半信半疑で挑戦してみたのです。

スタートしたのが冬だったので、最初はほとんどどうということはなかった。我が家は暖房がありませんからそもそも家の中が冷蔵庫みたいなものなのです。食材は家の中か、ベランダに置けば十分保存できました。

なんだ、余裕じゃん、と思いましたね。

しかし春になり、夏が近づくとそうも言っていられなくなりました。保存できる期間がどんどん短くなりました。野菜を干して保存しようとしても、ちょっと油断しているとカビてしまいます。基本的に、その日に買ったものはその日に使いきることを迫られたのです。

すると、スーパーへ行っても安易に買い物ができなくなりました。あ、今日はこれが安いなと思って手にとっても、いや待て、これは今日は食べきれないだろうと思い、棚に戻す。そうするうちに、買い物の量がどんどん減った。レジへ持っていくのはせいぜい2種類。値段も500円以上払うことはほとんどありません。何も買わずに出てくることも珍しくなくなりました。

なんだ、私が生きていくのに必要なものって、驚くほど「ちょっと」しかないじゃん。で、夜中までスーパーやコンビニが開いている都会ではそれでまったく普通に生活できるのです。

いったい今まで、カゴいっぱいの何を買っていたんだろう。

必需品て何だ

世の中のコマーシャルを見ていると、様々な企業が「これはあったら便利」とがなりたててきます。そうかなと思って買っているうちに「あったら便利」はいつの間にか「ないと不便」に変わり、最後は「必需品」になる。

しかし、必需品っていったい何だろうか。

小さい頃から「必需品」だった様々な家電製品との決別は、私にそんなことを否応なく考えさせるようになったのです。

そして、使わなくなってみると、冷蔵庫も洗濯機も無駄にでかいのです。

東京は家賃が非常に高い。1平米でも広い家に住もうと思えば少なからぬお金を要求されます。で、考えてみればその家賃の多くが、でかい家電製品のために使われている。

いったい何が必需なのか、何が豊かなのか、どんどんわからなくなってきました。

もしかして、「なければやっていけない」ものなんて、何もないんじゃないか。

そう気づいた時、私はものすごく自由な気がしたのです。

現代人は、ものを手に入れることによって豊かさを手に入れようとしてきました。しかし繰り返しますが、「あったら便利」は、案外すぐ「なければ不便」に転化します。そしていつの間にか「なければやっていけない」ものがどんどん増えていく。

それは例えて言えば、たくさんのチューブにつながれて生きる重病人のようなものです。

チューブにつながれていれば、必要な薬や栄養が着実に与えられて命をつなぐことができます。しかし一方で、ベッドから起きだして自由に動き回ることはできません。

私の節電は、いわばそのチューブを一つずつ抜いていく行為でした。

えいっと勢いで抜いたものもあれば、恐る恐る抜いてみたものもありました。しかしいずれにせよ、ほとんどのものが抜いてもどうってということはなかったのです。

その結果、私はベッドから起きて、自由に動き回ることができるようになった。

私は生まれて初めて「自由」ということの意味を知ったのかもしれない。

それまでずっと「あったらいいな」と思うものを際限なく手に入れることが自由だと思ってきました。しかし、そうじゃなかった。いやむしろまったく逆だった。

「なくてもやっていける」ことを知ること、そういう自分を作ることが本当の自由だったんじゃないか。

この発見が私に与えた衝撃は、実に大きかったのです。

そしてターゲットはついに、我が人生最大のチューブに向けられたのでした。

そう。「会社」というチューブに。

真っ白な灰になる

しかしそうは言っても、「会社を辞めようかと思う」ということと「実際に会社を辞める」ということの間には大きな差があります。

しかし人生とは本当に不思議なもので、「その時」はまるで計ったかのように、あまりにもちゃんと訪れたのでした。

49歳の秋。私は朝日新聞のオピニオン面で「ザ・コラム」という顔写真入りのコラムを担当することになりました。最初に話をいただいた時は、願ってもいない話だと大喜び。というのも、当時「社説」というものを書く部署に所属していて、心底苦しみ抜いていたからです。

知識も人脈も教養も乏しいチャラチャラ記者には、会社の看板を背負った「正しい意見」を書かねばならぬというミッションはあまりにも重かった。まあ今から振り返れば、50歳近くになって1年生記者のように身の丈を超えた分野にチャレンジする羽目になり、焦り、恥をかき、後輩に頭を下げて教えを請い、デスクに叱られながら原稿を仕上げたのは本当に得難い体験で、プライドばかり高くなって腰が重くなっていた私に喝を入れた貴重な場だったと思います。深く感謝するのみ。しかし当時は本当に苦しくて苦しくて、挙げ句の果てには原因不明の歯痛に悩まされ、最後には熱を出し顔まで腫れ上がる事態に陥ったのです。正直言って、管理職になって部下にあれこれ指図している同僚が心底羨ましくて仕方がありませんでした……。

そんな情けない状態でしたから、そこから抜け出せるのは本当にうれしかった。「社の説」から抜け出して自分の名前で自由に好きなことが書ける！そんな甘い夢を胸に、長く勤めた大阪から東京へとスキップしながら転勤してきたのでありました。

ところがコラムデビューの直前、朝日新聞が2つの大きな「誤報」を認めて謝罪するという思いもよらぬ事態が勃発したのです。

毎日罵声を浴びながら、何を書いてよいのやらさっぱりわからなくなりました。世間から見れば、私も、「自分たちが正しい」と思うことを主張するためなら事実を曲げることも厭わぬ集団の一員」と思われているのです。そんな身でいったい何を書けるのか。偉そうに何かを批判したり分析してみたところで「そういうお前は誰やねん」と冷笑されて当然です。名前も顔も出して文章を書くチャンスが一気にリスクへと転換したのです。

この時、悪魔が私の耳元で甘くささやきました。

いっそ、今すぐ会社を辞めようか……。

もうすぐ50歳。会社員人生に区切りをつけたいとかねてから一つの目標にしていた年齢です。事件は「今がその辞め時である」という天の声ではないか。そんな都合のよい解釈に強く誘惑されました。

だが私にも最低限の良心があったのです。何だかんだ言っても世話になった会社。その会社がピンチに陥った時、一人さっさと安全地帯に逃げ込むような振る舞いはやはり人として許されることではありません。何ができるかはわからないけれど、とにかく1年間は死ぬ気で頑張ろう。目標は、まったく誰にも頼まれちゃいないが「朝日新聞を救う」こと。最後のご奉公と思えば私とて何かはできるはず。

そうして1年間を何とかヨロヨロと走ったのでした。夕鶴のごとく、というか夕鶴のように美しくはないけれど、なけなしの背中の羽を抜き、絞り出すように文字をひねり出した。そしてふと振り返れば、ゲッ、羽、もうほとんど残ってないじゃん！　人様の評価はさておき、自分としては出せるものはすべて出し尽くしたという思いでした。薄っぺらい身からはもう逆さに振っても鼻血も出てこない。前のめりにぱったり倒れるしかない。

かくして「私、会社を辞めます」と宣言したのです。

実は「辞める」ことを上司に通告した後、会社から思いもよらぬ強い慰留を受けました。誠にありがたいことです。しかし私は、申し訳ないという気持ちはありましたけれど、ほんの少しでも心が揺れることはありませんでした。

私が愛した朝日新聞。そして新聞記者という職業。これほど素晴らしい仕事はなかった。これ以上、会社から受け取りたいものなどもう何もなかったのです。

そして、私から会社に贈ることができるものも、もうありませんでした。会社のピンチを救えたかどうかはわからないけれど、というか客観的に見ればまったくの焼け石に水だったとは思いますが、私なりにできることはすべてやったという実に爽やかな気持ちでした。

ちょっと自分を美化させていただくなら、あしたのジョーのように、真っ白な灰になったのです。

しかし、考えてみれば非常に不思議な気がしてくるのでした。「人生の折り返し地点」を意識して約10年。その間、あれこれと試行錯誤を繰り返しながら、経済的にも精神的にも会社から自立するチャレンジを積み重ねてきたのです。

そしてその最終局面で思いもよらぬ舞台へ放り込まれ、世話になった会社のピンチを救うために、後先考えず心身を投げ打つ気持ちで自分の力を出しきることになりました。それは間違いなく「50歳で辞める」と決意していたからこそできたことだったと思います。

まるで、この時のために私はこの会社に入ったのではないかとすら思えてくる。

辞めると言うと、「どうして」「モッタイナイ」と言われることが実に多かったのですが、正直、私にはそんな考えはつゆほども思い浮かびませんでした。選択の余地はなかったのです。目の前には、実にデコボコではありましたが細い道がまっすぐに伸びているのが見えていました。そこを進むしかないのです。迷いも何もありません。

人が会社を辞める時、１００人いれば１００通りのドラマがあるのだと思います。会社の一方的な都合で理不尽に辞めさせられたり、あるいは理不尽な人事や、上司や同僚との人間関係に悩み、止むに止まれず辞めるという選択をする人も多いことでしょう。それを考えれば、私ほど恵まれた人間はいないのかもしれません。

しかし肝心なことは、どんな状況で辞めたにせよ、次の人生へ前向きに歩き出せるかどうかではないでしょうか。

会社を辞めることは、それ自体いいも悪いもありません。辞めない方がいいこともあるし、辞めた方がいいこともある。どんな状況下であれ、それを決めるのは自分です。その決断に自分が納得できるかどうかが大事なのだと思います。

そのためには、それが戦いであれ恩返しであれ何であれ、「やることはやったのだ」という気持ちになれるかどうかがすべてではないでしょうか。

つまりは、結果がどうであろうが与えられた場所でベストを尽くすということ。そう思うと、様々な理不尽を次から次へと繰り出してくる会社という存在は、そういう生き方を身につけるための学校だったのかもしれません。

いやいや会社よありがとう！

今心からそう思います。

その4

日本ってば「会社社会」だった!

どこまでもネガティブな世間様

さて、そんなこんなでまさかの「会社を辞める」という行動に出た私である。

思い返せば、幼い頃から由緒正しき教育ママに育てられ、型通りの反発はしながらも結局は競争社会を勝ち抜くべくセッセと勉学に励み、浪人も留学も留年もせずストレートに大きな会社に就職を果たした。それからも社内の厳しい競争をかいくぐり、幸運にも大きなバツを付けられることなく生き残ってきた身であります。

誤解を恐れずに言えば、曲がりなりにも世の中の「メインライン」を歩んできたと言えないこともない。

そんな私が、いくら自分なりに準備を重ねてきたとはいえ、その会社を道半ばにして辞めるとは！　しかも、よりよいキャリアを求めて転職を遂げるわけでも何でもない。ただただ「辞める」。

うーん。よくよく考えると、遅すぎた反抗期みたいだ。どう考えても普通じゃない。しかしそれだけに、我ながらよくぞここまでたどり着いたものよと呆れるやら驚くやらはたまた誇らしいやら。いずれにせよこんな機会はそうそうないので、しばし小洒落たバーなどで一人感慨に浸りたいところである。

ところが、まったくもって人生は甘くないのであった。

会社を辞めるというのは、私ごときの浅はかな頭で想定していた100倍も大きなことだったのです。

まずは、世間の反応。

カイシャ辞めるんです、と言うと、最初のリアクションはほぼ同じなのだ。

一瞬の絶句。

そのおなじみの反応を見ながら、ああこの人の頭の中はきっとこんなことになっているんだろうなーと想像する私。

あら～、何かあったのかしら……。

まさか、聞いちゃいけないようなことが起きたのでは……。

まいったなー、どう話をつなげたらええんかいな……。


まあ実際にそうかどうかはいちいち確かめたわけじゃないのでわからないが、その微妙な表情を見る限り、当たらずとも遠からずであろう。多くの人にとって、会社を辞めるというのはあまりに「想定外」のことなのだ。そして、決して祝福すべき事態とはみなされない。「そんなこと突然言われてもな～」と心底戸惑っている様子がヒシヒシと伝わってくる。えーっと、間違いなく「暗いイメージ」、それどころかもしかして「危ないイメージ」を抱いておられますよね……。


なので、私は毎回慌てるのだった。

「コイツ何か会社で問題を起こしたんじゃ……」という妄想が相手の頭の中であらぬ方向へ広がらぬうちに、一刻も早く誤解を解かねばならぬ。

「別に会社に不満があって辞めるわけじゃないんですよ」「若い頃から50に

なったら辞めようと決めていたんです」と急いで説明する。本当のことなのになぜか汗だくである。しかし努力の甲斐あって相手はホッとした表情を見せるので、こちらもちょっとホッとするのだった。

だが、これだけでは終わらないのである。

第一の疑問をクリアーした相手は、リラックスした様子で次のジャブを繰り出してくる。

これもまた、毎回ほぼ同じセリフを言われるのだ。

「いやー、もったいない……」

今度は、こちらが絶句する番である。いったいどこまでネガティブなのか……。

もったいない……ですかね？

何がもったいないのかなあ……。

給料とか、そういうことかしら。

確かに、このまま会社にいればよほどの大きなミスや悪事でも働かぬ限り、定年までかなりの給料がもらえると言われればその通りであろう。「もらえるはずのものがもらえなくなる」という意味では「もったいない」のかもしれない。

しかし、その「もったいない」の使い方って何かおかしくないですかね……。

「もらえるはずのもの」なんて、厳密に言えばあるはずもない。給与とは、会社に貢献した対価として初めて受け取ることができるものだ。私に関して言えば、もう会社に貢献することができなくなったから辞めるしかなかったわけで、もったいないも何も、そんな人間に給料をもらう資格などそもそもあるはずもない。

それに、そこをもったいないと思ってたらそもそも辞めません！　私にとっては、このまま何の役にも立てないのにずるずると会社にいる時間の方が、残り限られた自分の人生にとって「もったいない」と思ったから辞めるわけで……。

なんてごにょごにょと言いわけめいたことを必死になって説明するたびに、

いかに日本人にとって「会社」というものが、もはや何の説明の必要もないほど巨大な存在であるかを痛感するのだ。

かく言う私だって若い頃は、いい学校に行けばいい会社に入れて人生安泰！　という価値観を何の疑いもなく１２０％信じていた。そのために一生懸命勉強したし、就職活動も頑張った。会社に入ってからもそれなりに頑張りました。

だが、ふとしたきっかけから「会社だけが人生じゃないのでは」と思い始めてしまったのだから仕方がない。

だが、こんな考えは所詮、少なくとも日本においては異端中の異端なのだ。ちなみに広く世界を見渡せば、「会社を辞める」＝「もったいない」という考え方は、決して「世界標準」ではない。

会社を辞める直前に出かけた夢のインド旅行では様々な国の人に出会ったのだが、「どんな仕事をしているの」と聞かれて「新聞社に勤めていたけど間もなく辞めるんです」と話しても「え、どうして」と驚かれたことは一度もなかった。

ただ普通に「これからどうするの」と聞かれ、「まだ決めてない。これから考える」と言うと「そりゃいいね〜」「グッドラック」的な会話でハイおしまい。拍子抜けするほど反応が薄い。

それなのになぜ、日本では多くの人がこれほどまでに会社にこだわるのだろう。

もしかして日本人のサラリーマン、給料という名の「麻薬」を打たれ続け、それなしじゃ生きられなくなっちゃってるんじゃない？　ちょっと、何か、弱っちくない？

「辞める」という非日常へのジャンプからハイになった私は、気づけば鼻息荒く世相評論を始める勢いであった。

そう、あの屈辱の日までは……。

不動産屋で焦る

あ、これはちょっと、っていうかかなりヤバイかも……。

そう思ったあの瞬間を忘れない。

東京・世田谷の雑居ビルの奥にある不動産屋で、50歳無職の私は、若いスーツ姿の兄ちゃんに問い詰められていた。

えーっと、今回のお引っ越しの理由は？

保証人とかつけられますかね？

今回はおいくらくらいの物件をご希望なんですか？

ちなみに今住んでおられるところのお家賃は？

……いやー、私、ただネットで見た物件を見学したいだけなんですけど、っていうか、ちゃんとそうメールでお願いしてアポを取って来たんですけど……なんでいきなりそんなプライベートなことに答えなきゃいけないのか。

しかし兄ちゃん、やけに居丈高なのである。

これまで社会人になってから8回引っ越ししてきたが、不動産屋でこんな扱いを受けたことはない。何しろこれまでは会社の転勤で家を探していたのだ。法人契約だもんね、それなりに高い家賃も払えるもんねと、むしろこちらが居丈高であったかもしれない。むろん不動産屋にもとても大切に扱われた。

それが、まさかのこの仕打ち。あまりの落差に焦り、ついバカ正直に答える私。

「あのー、ちょっと仕事を辞めることになったんで、家賃の安い家に引っ越したいと思って……」。ここで兄ちゃんの眉がピクッと動いたように見えたので、慌てて付け足す。「保証人でしたら、いちおう両親がいますけど」

「失礼ですが、65歳以上の方は保証人にはなれないんですよね」

「えっ、あ、そーなんですか……」

初耳デアル。だがヨロヨロと支え合いながら暮らす老いた両親の姿を思い浮かべ、そりゃそうだよなと納得せざるをえない。しかし私ってばそんなことすら知らないで家を借りようとしてたのか。何せこれまではすべて会社に任せきりであった。これは気を引き締めていかねばならぬ。

「えーと、あと、姉がおりますが」

「失礼ですが、お姉様は働いておられるんですか」

「……いや今は専業主婦ですけど……」

そうか、仕事してない人間は保証人になれないのか。し、知らなかった……しかし考えてみればうちの家族ってば全員無職だ！　何てこったい……。

「お姉様のご主人は働いておられるんですよね」

「は、はい働いてます!!」

ようやく保証人適任者が現れた。あーよかった！

「その方に保証人になっていただくことはできますか」

「で、できると思います！」

気づけば、もう兄ちゃんに少しでも気に入ってもらおうと必死な私である。

しかしホントに義理の兄に頼めるかなあ。大企業に勤めてるから保証人としてはバッチリなんだろうけど、もう何年も会っていない。お金のことだし、何と言っても無職50女の頼みを積極的に引き受けたいとは思わないよなあ……。

「あの、もし義理の兄に頼めない場合はどうなるんでしょうか」

「えーっと、それでしたら保証会社というのがございまして」

兄ちゃん、デスクのすぐわきに置いてあるパンフレットをさっと取り出す。どーせ最初からそうなると思ってたぜという感じの素早さだ。

「そういう方のために、一定のお金を払うとですね、保証会社が保証人がわりになってくれるわけでして」

「おいくらくらいかかるんですか」

「そうですね、月々の家賃の半額になります」

な、何？　そんなに高いの？

「ってことは、例えば10万円の家を借りたら実質家賃が15万円になるってことですか！」

それじゃあ家賃を切り詰めてもぜんぜん意味ナイジャン。保証人をつけられない人間（＝私）の足元を見て搾取にかかる非情な世の中に、怒りのあまりつい声がでかくなる。

「えっ、えーっとそういうわけではなくて、最初に家賃の半額を払っていただければ1年間の保証を受けられるんです。で、2年目からは……」

何だそうなのね。そのくらいなら何とか払えないことはない。確かに考えてみれば、いくら何でも月々家賃の半額なんて取るわけナイよな。そんなことしたら誰も保証会社なんて利用しない。しかし、そんな世の常識すらまったく知らない自分に改めて驚き、さらに焦る。

「広さのご希望はありますか」

「あ、狭くても大丈夫です。20平米もあれば」

「そうですか……今お住まいのところはどのくらいの広さなんですか」

何でそんなことに答えなきゃならんのか。しかし予期せぬ質問というのは強い。準備していないだけに、何だかなあと思いながらもうまく対応できず、結局は正直に答えている。

「えーっと、そうだなあ。45平米くらいだと思います」

「そうですか。ちなみにお家賃は」

な、なぬ？　そこまで聞くかね？

これはいったい何なんだ。何かの取り調べ？

そこまで考えて、ようやく気づいた。

この兄ちゃん、私のことを不審に思っているのだ。

店に来て最初に、「これにご記入をお願いします」と紙を渡され、名前と住所と連絡先と勤め先を書かされた。隠すことでもないし、物件を見せてもらえるんだからこのくらいの情報提供は仕方がないかとスラスラ書いた。

だが「勤め先」は書かなかった。

別に隠したわけではない。ただ、この時は有給休暇中だったから形式的には会社員だったけど、間もなく辞めるわけだし、会社の名前を書くのはフェアーじゃない気がしたのだ。

しかし、そんなこと兄ちゃんは知らない。

私のことを「無職の可能性がある」と思ったのだ。

だからこそ最初に引っ越しの理由を聞いたのだろう。無職の人間が引っ越すとしたら、家賃を払えなくなったとか、トラブルを起こしたとか、そんなよからぬ理由があるかもしれぬ。そう疑ったのではなかろうか……。

なるほどそういうことだったのか。世の中は「会社」で回っているのだ。会社に勤めてさえいれば一人前の社会人。なぜなら、会社はきちんと毎月一定額の給料を払ってくれる。家賃の取りっぱぐれの可能性は大幅に低くなる。だから不動産屋市場がうまく回り続けるのです。

だが、私は会社を辞めてしまった。

するとたちまち社会人とはみなされなくなったのだ。そして「不審者」というカテゴリーに分類されたのである。

なるほど会社を辞めるというのはそういうことであったのか……。

カードも作れない

不動産だけではない。会社を辞めた人間は様々な場面で「枠の外」に置かれる。

例えばクレジットカード。会社を辞めるにあたりカードの年会費を節約しようと、3枚持っていたカードをいったんご破算にし、会費のいちばん安いシンプルなカードを1枚持とうと考えた私は、さてどんなカードがあるのかナとネットで調べて驚きの事実を知る。

そもそも無職の人間は、カードの入会審査に通ることが非常に難しいのである。え、そーなのと驚いて周囲の人に聞いてみると、無職どころか自営業者ですら審査が通りにくいらしい。

し、知らなかった……(↑バカ)。

だが確かに考えてみれば、それもゆえなき差別とは言えまい。

カードとは「借金」の申し込み状である。すなわちカードを作るということは、カード会社が「この人はちゃんと借金を返せる人ですから、安心してお金を貸しても大丈夫ですよ」というお墨付きを与えるということだ。

それでは、どんな人間なら「安心してお金を貸しても大丈夫」と判断するのか。

その人を個人的に知っていれば、責任感が強いとか、真面目であるとか、むやみに借金などしないタイプであるとか、総合的な判断をすることが可能であろう。しかしビッグビジネスの世界ではそんな審査はもちろん不可能だ。そこで決め手になるのは「定期的な収入が保証されているかどうか」。すなわち「会社に勤めているかどうか」ということになる。

なので、私が相談した人はほぼ異口同音に「カードを作るんだったら会社を辞める前にやっとかないと」とアドバイスをくれるのであった。

いやわかりますよ。それが現実的な対応です。でも、何か、何かおかしくないか。

私という人間は同じなのだ。定期収入があるにせよ、ないにせよ、返せないような借金をするつもりなどまったくない。これまでも借りたお金はきちんと返してきたし、これからもそうだ。

しかし、そんな一人の人間としての矜持も実績も「会社に所属しているかどうか」という一点だけで無視されてしまう。実際には、会社に所属していたって借金を返すことにルーズな人間はいくらでもいるし、カードを作った1週間後には会社を辞めてしまう人間だっていくらでもいるはずだ。いやわかってます。それもこれも含めてビジネスの世界では合理的な判断なのだと。

だってどこかで線を引かなくちゃいけないんだから……。

ここまで考えて、はっと気づいた。そもそもクレジットカードとは個人のためのものではないのではなかろうか。それは会社同士の互助システムだ。会社が社員に定期収入を与え、その給与を当てにして社員がせっせと買い物をするようカード会社が借金をバックアップする。かくして給与以上の買い物をする人が増え、その結果国の経済がどんどん拡大する。

そのサークルの中にいる人間に与えられる権利が「カード」なのだ。あ、ちなみに無職になるとカードだけじゃなくて住宅ローンも組めません。これも同じことですよね。給与を与える会社、不動産会社、銀行。三者がそれぞれリスクを分担しながら、個人に借金をさせることで経済を拡大させるシステム。なんとよく考えられていることでありましょう。

日本社会は、会社という装置を通じて信用を担保することで多くのことが成り立っていたのである。ああそして私は、そのサークルの外に脳天気に飛び出してしまったのだ。

国による「懲罰」まであった！

そう、日本社会とは、実は「会社社会」なのではないか。

その「疑い」は、退社を前に会社から税金やら保険やら年金やらの説明を受けるに至り、はっきりとした確信に変わる。

会社を辞める人間に与えられる試練は驚くべきところにまで及んでいたのであった。

それは、国による懲罰としか思えないような仕組みである。

（12月25日の日記より）

私の50歳のクリスマス。非常にロマンチックな1日。会社における最後の健康診断にて検尿など。そして総務より退職金という名の手切れ金支給に関する説明を受け、同時に年金、健康保険など、会社という安全装置からの切り離し通告。

最終ロケット発射まで間近。

以下、忘れてはならぬ覚書。

・退職すると会社の厚生年金から切り離され、国民年金の保険料（月1万5590円）を払うことに。住所地の役所の年金課で所定の手続きをすること（「退職証明書」が必要）。

・失業保険を受けるには、退職日から2週間以内に会社から送られてくる「雇用保険被保険者離職票」及び運転免許証、写真2枚（3×2・5センチ）、雇用保険被保険者証（会社からもらったもの）、印鑑を持って、居住地管轄の職安に提出し求職の申し込みをする。

・健康保険証は退職時に返す。退職の翌日から14日以内に居住地の市町村で、朝日健保組合から送られてくる「資格喪失証明書」と印鑑を持参のうえ、手続きをする。

・住所変更届を出す。その後も変更のたび、必ず総務へ連絡（そうでないと年金を止められる場合もある!!）。

・確定拠出年金の資格喪失。しかも過去に積み立てた分は60歳までもらうことができない（えーっ！）。いずれにせよ手続きが必要。金融機関に必ず連絡する。

いろいろあるが、要するに、年金、健保が会社の保護下を離れて国の傘下に移行。これからはむき出しの個人として国と向き合うことになる。そう言えばこれまで、国のこういうセサクに対してまったくと言っていいほど真剣に関心を持ってこなかったなあ。自分は会社に守られているとタカをくっていたからまったくもって他人事だった。

考えてみりゃひどい新聞記者だよまったく。

というわけで安倍首相よろしくお願いします。これからあなたとの本当の戦いが始まります。

そして失業保険。保険料を受け取るには「再就職のために職安で就職活動しているという証拠が必要なので注意してください」と言われる。それはいいんだけど、私みたいに「もう就職しない」っていう生き方を選ぶ人間はどうなるのかしら。会社を辞めてフリーになるとか、独立するとか、自営業を始めるって人はたくさんいるはずだ。そういう人は失業保険を受け取れないってことなのか。だとすればまさに日本国は会社社会そのものである。

そう尋ねると総務の人も虚をつかれたようで「そう言われてみればそうですね。考えたこともありませんでした」「何しろうちの会社の場合、辞めて独立するって人はほとんどいないので」。

……そうか。朝日新聞というところは会社人間の集まりであったのか……。

さて、ここまできて説明の担当者が替わる。健康保険組合と税金については担当者が直接説明するので、と。

まず健保。担当のおじさまから、退職者も2年間に限っては会社の健保に入り続けることができると説明を受けた。とは言え保険料は国保とそう変わらず、メリットと言えば会社の診療所や会社指定のスポーツクラブが割引料金で使えることとくらい。私には関係なさそうだし、辞めた会社にいつまでも頼っているのもフンぎりがよろしくないと判断。国保へ移行すると決断する。

そして最後に、まさかのビッグサプライズが待ち受けていた。

クリスマス最大のハイライト。それは税金の説明だったのです。

いや〜、これは想定外!!　なんと、退職金の7分の1をお国及び地方が持っていくことが判明！

いや〜、「鼻から牛乳」って言葉が生まれて初めてリアルに頭をよぎりましたよ！

いやいや正直、その説明はもっと早くにして欲しかった（笑）。

だってこれまで散々、退職金の計算とかしてもらってきたんだよ〜。それを元に一生懸命生活費を見直して、よしこれならやっていけそうだと思ってホントに辞めると決意して今ココに座ってるわけで……。正確な金額じゃなくても、だいたいこのくらい税金で持ってかれますとか、せめて税金がかかるからこの金額が丸ごともらえるわけじゃありませんとか、そのくらい言ってくれてもいいじゃないか……。

っていうか、先方は言っていたのに当方が聞く耳を持っていなかったような気も……。はい、正直に言います。私、退職金に税金がかかるとはまったく考えていなかったんです!!

そもそもそれって常識だったんですかね。いや、普通常識なんでしょうね多分（↑バカ）。自業自得。人のせいにしてはいけない。

いやーしかし、もしやこの説明、わざと最後に回したんじゃ……。というのは、全部の説明が終わったところで「それでは税金関係の説明を担当者から」とおもむろに人が入れ替わり、いろいろと複雑な税の仕組みの説明（ほとんど理解できず）をされた後、満を持した感じで「稲垣さんの場合はこうなってます」と1枚の紙を渡されたのです。

いや、これって何かに似ている……と。そう。ちょっと高そうな小料理屋などで調子に乗って食事した後にお会計を頼むと、女将さんみたいな人がおもむろに、決して金額を口で言うことなく手書きの紙をスッと差し出してくる。ちょうどあんな感じなんですよね。

で、大体の場合「えっ」と正気に返る感じの金額が書いてあるわけです。

なので嫌な予感はしたんですが……、や、やっぱり!!

ってていうか、自分史上最高額の請求書であったことは超間違いない（笑）。

いやいや噂に聞くぼったくりバーなんてまったくもって目じゃありません。

国家権力恐るべし！

しかしまあいいんです。払います税金！　高額の税金を払わされるということはそれだけの収入を得てきたということにほかならず、むしろ感謝すべきことであります。それにこれだけ払うんだから（←しつこい）、私、国家にすごく貢献してます安倍首相！　ぜひとも世のため人のために大切に正しく使っていただきたい。

……と懸命に自分を納得させたわけですが、それでもどうにもどうしても納得のいかないことが一つ、残ったのでありました。

それは退職金にかかる税金の計算方法である。今の税制は、私のような早期退職者に厳しい仕組みになっているのだ。

というのも、退職金の一部は税金の支払いを「控除」されるのだが、この控除額は、勤続年数が長いほど増える仕組みになっているのだ。つまり、安倍首相は「チャレンジできる社会」などと言っておられるが、制度としては、一つの会社にずーっと勤め続けしがみつくほど税金を払わなくていい仕組みになっているのだ。

つまり、会社から自主的に自立、独立する人間には国家からペナルティーが科されるのである。何かこれって言ってることとやってることが違いすぎないか。

失業保険ももらえない！

さらにびっくり仰天したのが失業保険である。

私のような自己都合による退職であっても、なんと150日ももらえるというのだからすごい。収入の途絶える身にとって、なんとありがたい制度であろうか。

ただ気になったのは、前述したように、会社から「受け取りに際しては審査が厳しくなっているので注意するように」と言われたことだった。ちゃんと就職活動をしているという証拠がなければ支給されないというのだ。

いやそれはわかります。国としては働ける人間にはしっかり働いてもらわないと、みんなが働かずにぼーっとしていては国が破綻してしまいます。

しかしですね、働くってことは「会社に就職する」ってことに限らないはずだ。会社を辞めて別の会社に転職する人もいるだろうが、一方で、独立するとか、新たに店を持つとか、フリーで勝負するとかそういう人だっているはずだし、それは何ら悪いことでも非難されることでもない。

ところがですね、調べてみると失業保険はなんと、別の会社に就職しようとしている人間だけが受け取ることができるのであり、個人で独立して生計を立てようとしている人間には受給資格がないというのだ。

つまり失業保険とは、我が国の大人を「会社」というシステムに押し込むためのシステムだったのである!! 自分の足で立とうとしている人間は、それまでいくら保険料を納めてこようが失業後に必要な保護を受けることができないのだ。

エーーーーっという衝撃、理解していただけますでしょうか。

もちろん会社に就職するという生き方を否定するつもりはまったくない。しかし、会社に就職しない人間の生き方だって同様に尊重されてしかるべきではないのか。

むしろ独立しようとしている人間の方が、就職する人間よりリスクを取っている。だからより保護されるべきだとは言わないが、少なくとも新たな仕事が軌道に乗るまでの間、就職する人と同レベルに暮らしの保障を受けることができてしかるべきではないのだろうか。何と言っても、これまで失業保険のシステムを維持するための保険料をせっせと納め続けてきたのだから。

ああなぜこれほどまでに会社社会なのかニッポン……。

会社員にあらずんば人にあらず。不審者であり、信用も得られない。そして、国までもが会社に属さない人間に「懲罰」を科してくるのである。

国だって会社が頼り

いったいなぜ、国までもが国民に対して「就職しろ」と迫ってくるのか。「働け」というのはわかりますよ。でも「働く」ことイコール「会社に所属する」ことではない。それなのに、なぜ「働け」ではなく「会社に所属せよ」というのか。

しかしそれも、退職の手続きを進めていくと「そりゃそーだろうな……」と思えてきたのである。

というのも、健康で文化的な最低限の生活を保障するための、会社を通さない「お上直営」のシステムはどう考えてもうまく回っていない。というか、もう破綻寸前、というかすでに破綻しているとしか思えないのである。

例えば国民健康保険。会社を辞めた人間はこれに加入しなければならないのだが、この保険料がとにかく高い。自治体によっては、300万円の所得でも年間の負担が40万円を超えるところもある。5世帯に1世帯が滞納し、保険料を納められず病気になっても医療を受けられないという悲劇も起きている。なぜこんなことになるのか。

それは、国民健康保険に加入している4割以上が無職で、残りの個人事業主らがこの人たちを支えなければいけないためだ。さらに経済情勢の悪化や高齢者の増加で加入者の平均所得は減る傾向にある。結果、高額の所得があるわけでもない人たちが過大な保険料を納めねばならないのである。

素人目にも、制度としてまったく破綻しているとしか思えない。

しかし会社員ならば、安定した収入のある仲間同士が支え合う会社の健康保険に加入できる。

つまり、日本には誰もが安く医療を受けられる「国民皆保険制度」があるというが、現実は、会社を通さないと国は国民の健康を守ることができなくなっているのだ。

年金だってそうだ。国民年金の保険料は月に約1万6000円。これを40年間払い続けてようやく満額の年金がもらえるのだが、その額は月に約6万5000円である。これでは家賃を払いながら暮らしていくのはほとんど不可能と言わざるをえない。つまり、現役時に頑張って頑張って保険料をもれなく納め続けたとしても、老後に「年金生活」をすることなど不可能なのである。

そんな中、国民年金の未納者は4割。そのことを誰が非難できようか。しかし、これではまったく制度として破綻しきっているとしか言いようがありません。

対して会社員が加入する厚生年金では、月に平均約15万円を受け取ることができる。それは、会社が年金の半額を払ってくれるからなんですね。

つまり国民の老後の暮らしも、国は会社を通して何とか保障することができているのが現実なのだ。

ハハーン。何かわかってきましたよ。

日本国が成り立っているのは「会社」があるからなんだ。

国家なんかメじゃない。会社こそが、国民の信用も、暮らしも、つまりは我々の「命」を保障してくれているのである。

だから国は、国民に「就職せよ（会社に入れ）」とプレッシャーをかけているわけですな。おそらく。

で、私はその会社を飛び出してしまった、と。

ウーーーーム……。

その5

ブラック社員が作るニッポン

一人荒野で見た世界

会社をいざ辞めることになり、「ゆりかごから墓場まで」の完璧な安全装置を引き剥がされ、たった一人荒野に立つ。すると、たちまち恐ろしい現実に気づく。

日本という荒野では、会社に所属していないと自動的に「枠外」に置かれる仕組みになっているのだ。不審者扱いされ、信用されず、暮らしを守るセーフティーネットからも外れていく。

日本社会とは、実は「会社社会」なのであった！

まさかの「会社員にあらずんば人にあらず」の国だったのである……。

いやー……知りませんでした！（笑）

っていうか、もう会社辞めちゃったんですけど！

しかし今さらながらなるほどなあと思う。だからみんな正社員になりたいのだ。

私はこれまで当たり前に正社員だったので、うかつにもその切実さをまったく理解できていなかった。ホント何度も言いますがひどい新聞記者だ。しかし今ならちょっとはわかります。今の日本で正社員になれるかどうかはあまりにも大きな出来事だ。そこから弾かれてしまうと収入が少ないだけでは済まないのだから。おちおち病気もできないし、安心して老いていくことも非常に難しい。要するに、そこはもはや人権すら保障されない安全装置なき世界なのである。

しかしですね、それじゃあやっぱり会社にいた方がいいのか？　と問われると、ウーーーーーンと唸ってしまう。

なぜなら今の会社は、どんどんおかしなことになっているからだ。

会社を辞めて一人になると、何をするにも一人でこの会社社会と立ち向かうことになる。そこから見えてきた会社ってものが、実に冷たく恐ろしいのである。

そこで働く人たちも、ちっとも幸せそうじゃない。まずはその一例から書いてみたい。

ケータイ買って3日間寝込む

会社、怖い！
無職になってまずそう感じたのは、些細な出来事がキッカケであった。携帯電話を買う。それだけのことで3日間寝込むハメになったのです。

実は恥ずかしながら、ケータイを自分で買ったのは生まれて初めてなのであった。何しろ電話をしたりメールをしたり情報を検索したり、私は世の中とつながる手段を100％全面的に会社に依存していたのだ。新聞社では通信手段はすべて業務に直結するので、ケータイもパソコンも会社が貸してくださる。パソコンに送られてきたメールを全部スマホに転送するといった設定も面倒を見てくださる。私はただそれに乗っかって、サルでもできる基本操作をやっていればよかったというわけなのだ。

しかし会社を辞めれば当然、ケータイもパソコンも会社に返さねばならぬ。するとたちまち私には電話番号もメールアドレスもなくなってしまう。いきなりそれでは誰もイナガキさんに連絡を取ることができなくなる。手紙という手もあるが、そもそもその住所をどうやって知らせるんだという問題が発生する。これはさすがにヤバイ。

じゃあさっさとケータイとパソコンを買いなさいということになるのだが、その時点で早くも私は固まってしまったのだった。どのケータイをどこで買うべきなのか、パソコンもどこに着目して何をどこで買うべきか、すでにここからしてサッパリわからない。

実は、私にはトラウマとでも言うべき記憶があった。自宅用のパソコンが欲しくて家電量販店に行ったことがあるのだが、広大な売り場にズラリと並んだ多種多様なパソコンと意味不明の説明書きを前に、心底途方に暮れてすぐに逃げ出したくなった。

なぜ似たようなパソコンなのにゼロ円から何十万円という値段の差が生じるのか、いったいここでは何が起きているのか、そもそもここでは何を売っているのか、いや、そう考えてみると私はいったいここへ何をしに来たのか……。

その時得た教訓「これはとても私一人の手には負えない」ことを思い出し、パソコンに詳しい会社の同僚に相談を持ちかけた。
「とにかくまずケータイを買うところから」。ふむ。で、どんなケータイを買ったらいいいんで？　「アンドロイドかアイフォンか、どっちがいいんですか」。あ、これは私にもちょっとわかります。アンドロイドは今、会社が貸してくれているケータイ。アイフォンはちょっとカッコイイやつですよね。せっかく会社を辞めるんだし、ここは思いきってアイフォンに変えてみたい。「それならお店に行って、とにかく安くあげたいと相談してみたらいいよ。最新式じゃない古いタイプなら安くなってるはずだから」。ふむふむ。そのくらいのシンプルな相談なら私にもできそうだ。

というわけでとある夕方、近所のお店へ思いきって入店。とりあえず頑張ってアイフォンの見本が置かれているコーナーへ。あったあった。うーんナルホド。最新式のは「６Ｓ」で、古いのは「６」なんですね。私のターゲットは「６」ということになる。で、勇気を出して近くを通りかかった店員さんに声をかける。

「あの、できるだけ安くアイフォンを手に入れたいんですが、この6だと安くなるんですか」。同僚の指示通りである。まあいかにもバカな質問ではあるが、本当に全然わかっていないんだから最初から「わかってない」とわかってもらった方がいい。

するると店員さん、「確かにちょっと6の方が安いですけど、言うほど値段は変わらないですよ。どちらも月々600円台ですから……」。え、そーなの？　っていうか、月々600円って、めちゃくちゃ安くないですか？　しかしそうはいっても月々のことだから少しでも安い方がいいです。何しろ無職になるんですから……。

「そうですか。じゃあこちらで説明しますんで」。奥のテーブルでいよいよ商談が始まった。

いやー、ここからのことは、正直思い出したくありません！

何せ、やっとのことで契約を終えて帰宅後、ここ10年ほどで最高の高熱を出して3日間寝込んだのだ！　担当の店員さんが風邪をひいていたので、もしかするとそれがうつったのかもしれないが、たぶんそれよりも何よりも私にはワケがわからなさすぎて「知恵熱」が出たんだと思う。

6000円台安いじゃんと思った月々の支払いは、気づけば8000円を軽く超えていました。

通話料、通信料、それぞれに様々な「プラン」があって、そもそも通話も通信も最低限のことしかしない（できない）からいちばん安いのでイイですと主張したのだが、何か組み合わせがどうのこうので「こちらの方がお得」と繰り返され、そう単純には契約してくれないのだ。何がどうお得なんだかわからないままに話がどんどん進んでいきます。頑張って不明点を聞き返すと、店員さんはその都度流れるように説明してくれるのだが、その説明に使われる単語がほとんどわからず、話を聞けば聞くほどわけがわからなくなり、無力感が増すばかり。

加えて「ケータイが壊れた時の保険はどうされますか」「留守番電話は有料になりますがどうしますか」と、予期していなかった決断を迫られる。うーん保険かあ。「画面が割れちゃったりすると修理がものすごく高くなっちゃうんですよ」。確かになあ。留守電も仕事の連絡だとやっぱり必要だろうしなあ……と、気づけばどんどんお金が加算されていく。さらに何だかよくわからないが「機種変更の時も使えるお得なプリペイドカード」というのも勧められて、いや機種変更なんかするつもりないんですけどそれ必要なんですかと尋ねると、力強く「必要です！」。コンビニでも使えるしクレジットカードじゃないから安心と言われ、いやそもそもコンビニ行かないし、安心って言われても、それって何と比べて安心なのか。持ってなければそもそも危険も安心もないじゃんと思いながら、もう会話をする気力も残っていない。

さらにこれだけじゃ終わらないのであった。「画面の保護シートはどうしますか」「絶対あった方がいいですよ」。いやそりゃあった方がいいと思うけど、これが思った以上に高い！　そもそもなきゃいけないんだったら最初からつけておいてくれと昭和のオバサンは思うわけです。しかしお兄さんは「取り付けは難しいのでこちらでさせていただきますから〜」と満面の笑顔。お願いしますと力なく頭を下げる私。さらに「保護ケースはどうされますか」。まだあるんかい！　しかしまああった方がいいですよねきっと。これはもう可愛くなくても何でもいいから最安値のを買うことにして、ささやかなニセモノの勝利感で心を慰める私。

たぶんこの時点でもう熱が出ていたと思います。思い起こせば、「3カ月は無料なんで」みたいなプランも「ゼッタイお得ですから」と言われて契約した気がするのだが、もうそれが何の契約だったのか、早くも思い出せない状態で店を出たのでありました。

そのとたん、あそこにもここにも携帯ショップが派手な看板を掲げて人を呼び込んでいるのが目に飛び込んくる。「他社乗り換えで××ゲット」「○○で××もおトク!」。いやもう、おトク、おトクのオンパレード。私も先ほどまで何度「おトクです」と言われたことか。しかし、何と比べてどうお得なのか、それが最後まで理解できなかったんだよ!

もしかしてそれ、わざとわからなくしてる?

「アイフォン　コミコミで月々3900円」という看板もあった。あ、これなら今となっては何を言っているのか何となく理解できますよ! 重要なのはアイフォン本体の値段ではなく、月々いくらかかるのかという「コミコミ」の値段です。私の場合は8000円をかなり超えたのだが、これが3900円で済むってこと? そりゃすごいと思うけど、たぶん私の今の知識ではどの店へ行こうが話していることがまったく理解できず、結局はいろんな「プラン」を勧められて同じようにうなだれて店を出てくるに違いない。

詐欺化するビジネス

そう思うと、世の携帯ショップというものがどれもこれも恐ろしく思えてくる。

ハイわかってます。そもそも私の知識がなさすぎるのが悪いんです。ちゃんと理解している人ならこんなことにはならないでしょう。しかしですね、この高齢化社会で、多くのおじいちゃんおばあちゃんたちに、この複雑な「お得」のシステムがどれだけ理解できるのでしょうか。「お得」と言われるままにいろんなプランをくっつけられて、また何カ月かの無料契約にひきつけられて、結局は解約することを忘れてしまって、必要のない高額なプランを組んじゃったりしてませんかね？

我が父のことを思います。父はとても向上心が強いというか、歳をとっても時代についていきたいタイプで最近はスマホに興味津々なのです。しかし実際にはガラケーの操作だっておぼつかない。その父がこういうお店に行ったらどうなっちゃうんだろうかと思うと泣けてくる。プライドの高い人だから、理解できないことがあっても理解したふりをするでしょう。いや私とて開き直って「理解できない」と繰り返したつもりですが、それでもあまりの情報格差に疲れ果ててしまい、結局は理解した「ふり」をしたのだ。

っていうことはもしかして、決して少なくない数の高齢者が、不当に高い通信費を取られたりしてないですかね？

しかもですね、恐ろしいことにフラフラになって帰る途中から、さっき設定したばかりのメールアドレスにばんばんメールが入る。何かと思えばすべて携帯電話会社からの通知です。何とかサービスのお知らせ、お得なプランのお知らせ……。いやいやもういいかげんにしてください。あなたたちが何を売っているのか、私にはもうぜんぜん理解できません。

さらに数日後には分厚い封書が届き、この新しいサービスを受けないと契約した何とかプランが割高になるとか書いてあります。さらに数週間後には電話がかかってきて、「新規契約をしたお客様に限って非常にお得なプランをお勧めしています」とのこと。

あの……、も、もしかして、携帯電話の契約って、携帯電話会社のセールスのための道具なんですか？　メールアドレスも電話番号も当たり前のことながら知られちゃってるわけですから……。一般の会社ならセールスのためにまず客の個人情報を知るところから始めなきゃいけないけど、携帯電話会社ならそもそも圧倒的に有利！　みたいなことなんでしょうか。

あの、しつこいようですが、世のお年寄りの方々、こういうセールスにいちいちひっかかったりしていないでしょうか。いやいや必要なサービスなら受けたらいいんですよもちろん。しかし……。

私はもう怖くなってきました。これはもう「お得」という名の妖怪が跋扈する、まごうことなきジャングルです。これからはこの厳しいジャングルの中を、うっかりアリ地獄にはまって食い殺されないように、一人用心しながら生きていかねばならないのです。

IT自立にて考察

で、そんなふうに感じているのは私ばかりではないらしい。

近所の銭湯で、常連のおばあさんに「ひさしぶりねえ」と声をかけられて、ぱっと見たらホントにひさしぶりだ。

聞けば腸閉塞になって救急車で運ばれ、1カ月も入院していたらしい。鼻からチューブを入れる治療がすごく痛かったそうで、「もう二度とあんな体験はイヤ！」とおっしゃっていた。一人暮らしなので、救急車で運ばれた後に痛いのをがまんして自宅へ戻り、一人入院の準備をしたそうだ。「いやんなっちゃう。家族がいないと大変よ」。いや、リアルです、その現実。マジで他人事ではありません。元気になってよかったよかった!! と大げさに褒めておきました。

頑張れ、一人暮らしのおばあさん。私も間もなく同じ道を辿る。我がこととして心からエールを送りたくなります。

と、さてここからが本題。ひょんなことから「今の世の中、ホントにわかんないわよ」という話になる。何ごとかと思えば、いろんなところからいろんなことを言ってきて何が何だかわかんないと。「マイナンバーとかさ」。そういえば昨日、原稿書きに行った下北沢のカフェでも若い子がマイナンバーについてあれって何なのと話してたなあ。一方的に送りつけてくるんだから確かにわけわかんないと思うよ。私だって正直わかんないもん……。

で、おばあさん。「もう私ね、わかんなかったら直接聞きに行くのよ。区役所から送られてきたら区役所に行ってね」。おばあさんすごい！　エラいです！　それしかないと思う。見習います！　でもそうできない人がどれだけいるかと思うと暗澹たる気持ちになってくる。認知症になったり、身体を壊したりしたら、たちまち「わけわかんない」ことばかり増えて、日に日に不安の淵に落とされてしまう。

再び我が親のことを思う。

老夫婦2人暮らしの親のところにはありとあらゆるチラシやら郵便物やらが日に日にやってきて、そのほとんどが、やれ「お得」、やれ「至急」、やれ「チャンス」、やれ「重要」と書き立てている。で、いつ行っても、それが全部ごちゃごちゃになって後生大事に置いてあるのです。

で、マイナンバーもその中の一つ。本当に大事なことは何か、注意しなければならないことは何かという記述は冒頭にほんの少ししか書いていなくて、ほとんどのスペースが「カードを作るとこんなに便利!!」と騒ぎ立てることに費やされている。

これを受け取ったお年寄りの不安がわかりますか、お役所のみなさん。もしかして、カードを多く作らせると査定が上がるとか、そんなこと考えたりしてませんかね？

「成果主義」ってこういうことなんですか役所のみなさん、そして会社のみなさん。

何なんでしょうか、この会社社会。

遠くない自分の老後を考えると、まったく人ごとではない。急増する高齢者は、このモノが売れない時代、商売のいいカモになってやしないか。役所も含めたあらゆるセールストークが高齢者を取り巻いている。それを整理できる人がいったいどれだけいるだろう。

人をだますには、まず不安にさせることだ。そうでなくても歳をとるということは不安だらけなのだ。そう考えていくと、もしかして高齢者は社会が「成長」するためのカモになってやしませんか？

っていうか、オレオレ詐欺と、そうじゃない「正当な」商売の差って、いったいどこにあるのか。

何か今のこの社会、っていうかこの会社社会、めちゃくちゃなことになってるのは東芝とか三菱自動車とかだけなんですかね。思い起こせば食品表示偽装なんていうのもあった。超一流のホテルやデパートもみんな平気で嘘をついていた。会社の利益のためなら何でもありっていうのが今のジャパニーズ・スタンダードなのか。

我もブラックであった

なんてプリプリと社会批判（会社批判）をする勢い満々な私であったが、ある日、とんでもないことに気づく。自己利益のため弱きものを食い物にする会社……私自身も確かに、そこにいたのである。

そう気づいたのは、退職後に我が愛する朝日新聞社から原稿執筆の依頼を受けたことがきっかけであった。

原稿料が……安い！　安すぎる！

とある依頼は、２５００字以上で1万５０００円。別の依頼は、1万字以上で5万円。

もちろん能力によるのだと思うけれど、私にとってはいずれも相当な長さである。2500字のものをゼロから書くには、考えをまとめる時間を別としても最低数日、長ければ1週間といったところ。さらに1万字以上となると1週間ではとても書けない。

結局2500字の方は断り、1万字の方は思った以上に難航しまくって2週間まるまる悩み、そして時には夢の中でも苦しみ抜いて、何とかかんとか書き上げたのだった。

書くという仕事の難しいところは、原稿料が安いからといって手を抜けないことだ。時給に換算したらいくらなんだと思うと気が遠くなる。大学の先生とか、あるいは雑誌の編集長とか会社社長とか、もともと「ちゃんとした」生業を持っている人はいいかもしれない。原稿料はちょっとしたお小遣いですもんね。

しかし文筆で食べている人は、これではとてもじゃありませんが生活が成り立ちません。

改めて考えてしまった。この金額は、どのように考え抜かれた上での数字なのか。

かつて私も外部筆者に原稿依頼をした身である。やはり似たような金額で、嫌なら他の人に頼むからイイよ、朝日に書けるだけで感謝していただけませんかという態度で仕事の依頼をしてきた。だからこの数字のわけは私なりによくわかっているつもりです。

予算がないのだ。雑誌も新聞もなかなか売れない。だから余分な経費はできるだけ削りたい。サラリーマン編集長は、与えられたギリギリの予算の中で何とか少しでも面白いもの、いいものを作らねばならない。それこそが腕の見せ所である。

私も、ついこの間まで100%そう考えてきた。

しかし会社を離れてみると、まったくもって勝手なことだが、にわかに違う世界が見えてきたのである。

お金がないと言うけれど、本当にそうなのか。いやそうじゃないでしょう。外部筆者に払うお金はなくとも、あるところにはある。それは社員の給料だ。あるいは社員が使う経費である。しかも朝日新聞の場合、この金額は今の世の中では非常に高い。

で、このような「既得権」に染まった人たちが、その生業である正業がうまくいっていないからといって、経費削減だからと外部の人間を使い捨てにするかのごとき金額で働かせようとする。

そしてそれは私もこれまでやってきたことなのだ。「ブラック企業が跋扈している」と批判をしてきた会社が、そしてその社員である自分自身が、まさにブラックだった。

弱い他人を食い物にして、自分さえ生き残ればいいのだと。

人間も使い捨てます会社社会

普通の会社員であったはずが、気づけば他人を食い物にしている。そんな世界にみんなが巻き込まれている。

なぜこんなことになったのか。

かつて経済が成長していた時代は、会社は明るい希望の星であった。ものを作ればどんどん売れ、会社もどんどん大きくなって、給料も増えて、そうなれば社員がものを買うのでまたものがどんどん売れて……というふうに、みんなが成長の果実を受け取ることができた。

会社がうまくいけば、みんながうまくいく。そんな時代だったのだ。だから医療も年金も、成長を続ける会社に頼っていれば安心と、国も会社を頼りにした。

こうして「会社社会」が完成していったのだと思う。

で、そんな時代の復活を目指すのがアベノミクスだ。まず会社を元気にする。そのために、会社が払わねばならない税金を減らしたり、円を安くして会社が輸出をしやすくしたりする。そうして会社が利益を上げられるようになれば、社員の給料も上がって、みんながものをたくさん買う。そうなれば会社もより元気になって、経済がうまく回っていく……。

私だって、そうなればいいと思いますよ。しかし問題なのは、どう考えてもそうはなりそうにないということだ。


まず何しろモノが売れない。それは個々の会社や製品の問題ではなく、社会の構造がもうそうなっているのだ。みんなすでにモノはたくさんすぎるほど持っている。あれが欲しいこれもあったらいいなと手に入れたもので、気づけば家の中はパンパンで手のつけようがなくなっているのだ。だったらもっと広い家に住み替えればいいんだろうが、それほどの余裕はもう誰にもないし、それに、そもそもそれではどこまでいってもキリがないということに、みんな気づき始めている。

「モノを手に入れれば豊かになれる」という発想は急速に過去のものとなりつつあるのです。

しかし、それでは「会社」は困ってしまう。

利益を上げなければ生き延びられない。しかしモノは売れない。そんな中で利益を上げようとすると、方法は2つしかない。

一つは、働く人を安く使い捨てにすること。

もう一つは、客を騙すこと。

つまり、非正規社員や外部の労働力を安く買い叩くか、過剰な脅し文句や詐欺的なテクニックを駆使して不要なものを必要なもののように思わせて買わせるか。

つまり、会社が生き残ろうと頑張れば頑張るほど、不幸になる人間が増えていく。そんな時代に突入しているのだ。

つまり、会社は完全に行き詰まっている。

そして、これこそが日本社会の行き詰まりの正体なのではないでしょうか。

なぜなら、日本社会は「会社社会」なんですから。

会社社会に巻き込まれるな！

じゃあどうしたらいいのか。

もちろん簡単な答えなんかない。でも一つだけ言えることは、このまま何も考えずに会社社会に巻き込まれていても、あなたに明るい未来が訪れる確率は非常に低いということだ。

つまりは自立しようぜということだ。

しかし改めて、自立とは何であろうか。

これまで日本人は自立したことがあったのだろうか。もしかすると日本人は今、戦後初めての「自立」を迫られているのではないだろうか。最近よく、そんなふうに考える。

もう少し丁寧に説明する。

戦争で日本は負けた。何もない焼け野原から出発した国民は一丸となって驚異的な経済成長を成し遂げて世界の大国となった。

この時点で、日本人は立派に「自立」したというのがこれまで何となく考えられてきたことだと思う。

しかし本当にそうなのかしら。

確かに経済は成長し、国民は、家や、車や、様々な便利なものを買うことができた。しかし、これは自立だったのだろうか。

豊かさは依存を生む。人口の爆発的な増加と共にみんなが等しく成長の果実を受け取ることができた時代が続いた結果、「長いものに巻かれていれば安心だ」という思考回路が生まれた。敷かれたレールの上にいることこそが重要だった。

そのうちに、大きな会社にぶら下がり、利益を分け合うことは次第に既得権になった。

これを自立と呼べるのだろうか。

消費行動についても同じである。経済成長の別名は「大量生産・大量消費」。成長する会社で働き、そこで得たお金を消費に回す。みんなが成長できた時代は、これで立派にくるくると経済が回っていた。

しかし、人間が生きるのに必要なものなど所詮は限界がある。みんなが必要なものを手に入れてしまった後は、いかにして必要なものを「作り出せるか」が勝負になってきた。つまり、必要じゃないものまで「必要」にしていくのである。「あったら便利」というやつだ。「あったら便利」は、案外すぐ「ないと不便」に転化する。その結果、経済成長に巻き込まれた人間は、どんどんモノに依存しないと生きられない体になっていく。

つまり経済成長は、日本人の自立ではなく、依存を生んでしまったのではないか。

そして今や、「あったら便利」を生み出すことすら限界にきている。ものを買おうとしない人にものを売らなければならない。そこで繰り広げられているのが、法律ギリギリの商行為である。

「あったら便利」の謳い文句は、「なければ不幸になる」の領域に突入している。客を煙に巻き混乱させるようなセールストークは当たり前になり、コマーシャルを見ていても脅しやごまかしギリギリの煽り文句ばかり。そして、そうまでしてもものが売れないのだ。アベノミクスのカンフル剤をどれだけ打っても、やっぱり売れない。そんな中で、会社は生き残るため法に触れる行為にすら手を染め始めた。

食品の表示偽装も、東芝の違法会計問題も、三菱自動車の燃費データ改ざんも、すき家の過酷労働も、ココイチの廃棄食品が裏で出回っていたのも、法令違反を重ねて運行していた安い深夜バスが悲劇的な事故を起こしたのも、もはや一会社の問題ではないはずだ。

誰もが多かれ少なかれ、崖っぷちの中で危うい場所に立ちながら、懸命に「会社員」である自分を守ろうとしている。

そしてそうまでしても、無理に無理を重ねてきた成長は止まり、平等に受け取れたはずの果実はなくなり、成長のツケである負担だけが目の前に横たわっている。

その事実を前に、依存に慣れきった大勢の人たちが口をぽかんと開けている。

さてどうするか。

今必要なのは、明らかに依存からの脱却だ。

誰かが何かを与えてくれるのを待つのではなく、自分の足で何かを取りに行く方法を自分の頭で考えなければならない。

その力が日本人にあるのかどうか。

そこを問われているんじゃないでしょうか。

でもそれはとても怖いことだ。それは当然だと思うよ。だって戦後まだ誰も成し遂げたことのない大冒険をしなきゃならないんだから。

だからこそ「大丈夫です。依存しててもいいんですよ。私が何とかします」と言ってくれている安倍首相に人気が集まるのだと思う。だからみんなアベノミクスが大好きなんだ。たとえそれが空虚な号令だとしても、自立を迫られるよりはマシだから。閣僚が問題発言をしようが、カネの問題で辞任しようが安倍さんの支持率は揺らぐことはない。そして、その代わり××はやらせてもらいますということにも目をつぶってついていく。

安保法案や原発再稼働で「アベ政治からの脱却」を唱えている人たちがいるけれど、なかなかその訴えが浸透しないのは、アベ政治を作り出しているのは、依存から抜け出せない私たち自身だからなんじゃないか。

「We are not ABE」じゃなくて「We are ABE」。

その事実を見るところから始めようよって思うんですが。

会社って何だ

で、改めて、会社から自立するとはどういうことかを考えてみたい。会社というものは、よくよく考えてみると実態があるようでない。

あえて言うなら、社員の集合体であり、運命共同体であり、互助会といったところだろうか。つまり、社員の何らかの「思い」が会社を形作っているのだと思う。

会社員を28年間、何とかこなしてきた身で振り返ってみると、社員が懸命に働く原動力は「カネ」と「人事」だ。

まあ身も蓋もないですが、これが大きなエネルギーを生み出していることは間違いない。

もっと身も蓋もなく言い換えれば、要するに「人より偉くなりたい」「もっとお金が欲しい」ということですね。この2つはもちろんリンクしていて、出世すれば給料も上がる。

もちろん社員の原動力はそれだけではない。自分の仕事が人の役に立っている、喜ばれているということも社員を動かす。

かつて日本の経済が成長を続けていた時代は、こうした動機がバランスよく社員を動かしていたのだと思う。私もバブル入社組なので、当時の会社の明るい雰囲気は身をもって体感している。会社の業績は好調で、自分たちの仕事は世間から支持されているのだと思うことができた。だから、日々の仕事は失敗や苦労の連続ではあったけれど、本質的に楽しかった。誰でもそこそこ偉くなり、給料も上がったので、嫉妬や不遇感に社員の精神が支配されることもなかった。

だが経済成長が止まり、モノも売れなくなると、いちばん肝心な「自分の仕事が人の役に立っている」という感覚が失われてくる。そうなれば、社員を動かす動機はカネと人事だけになってくる。

人よりも自分の方が優れているのだと思いたい気持ち。

少しでも贅沢をして暮らしたいという気持ち、あるいは、今の生活水準を落としたくないという気持ち。

それは人が誰しも本質的に持っている弱さであり欲だ。

弱さを握られると、人は容易にコントロールされやすくなる。会社の利益という大義名分の名の下に、何でもやってしまう人が少なくないのはそのためではなかろうか。それが習慣になると、もはや罪の意識すら感じなくなる。会社そのものが弱さと欲の集合体になり、もはや会社の存在意義は「社員のため」でしかなくなっていき、最終的には社員同士が奪い合い、食い合いを始める。それがブラック企業なのだとすれば、今の社会ではどんな会社もブラックになりかねない資質を持っているのではなかろうか。

そして、日本社会が会社社会であるとすれば、すでに日本そのものがブラック化しているのかもしれない。

誰も幸せにならないゴールへ向かってひた走る互助会システム。絶望的なのは、誰かが悪いわけじゃないってことだ。どこかに悪人や敵がいるわけではない。ブラック化する日本を作っているのは、一人一人のちょっとした罪のない欲であり、この苦しい状況を何とか生き残ろうとする努力である。まるで、もがけばもがくほど食い込んでくる罠のようだ。

だとすれば、そこに出口はあるのだろうか。

会社依存度を下げる

経済成長がすべてを解決する。それが出口だ。そう言って頑張っているのが安倍首相ですね。しかし、私はそこにどうしても希望を見出すことができない。そもそも日本がブラック化しているのは、ものが売れないからだ。だから経済が成長できないのである。それでも頑張って会社が成長しようとするからブラック化が始まるのだ。何だかこんがらがってくる。出口はやっぱり見えないままだ。成長にこだわっている限り、やっぱり罠はよりキツくしまってくる一方なんじゃなかろうか。

いずれにせよ、仮に経済成長を待っていれば再び幸せのサイクルが回ってくるのだとしても、それが「いつ」のことかは誰にもわからない。安倍さんには一生懸命やっていただくとして、そこに「自分の人生の幸せ」という大きく取り返しがつかないものを賭けてしまうのは、あまりにもリスクが大きいのではないでしょうか。

私が提案したいのは、ほんの少しでもいいから、自分の中の「会社依存度」を下げることだ。要は「カネ」と「人事」に振り回されないことである。

例えば会社からもらえる給料は人それぞれだが、たくさんもらっている人も、少ししかもらっていない人も、可能な限り、その給料に全面的に依存しないことだ。

何も副業をせよと言っているわけではない。生活を点検し、自分に本当に必要なものを改めて見直してみる。お金をかけない楽しみを見つけてみる。そうして今よりほんの少しでも支出を抑えることができれば、使わないお金がわずかずつでも着実に溜まっていくかもしれない。それだけでも、会社に対しての「構え」が違ってくるのではないだろうか。

そして、会社で働くこと以外に、何でもいいから好きなことを見つけてみる。そして、同じ趣味を持つ仲間を作る。それだけでも、あなたの価値観が会社に乗っ取られてしまう度合いは減るのではないだろうか。会社でエラくなった人が俳句のサークルでも尊敬されるかというと、そんなことはない。そう思えば、たとえ信じられないような人事異動に直撃されたとしても、あなたの気持ちは随分と楽になるのではなかろうか。ものの見方や考え方が複眼的になれば気持ちにも余裕ができてくるはずだ。会社の命令だからといって反社会的な行為に盲目的に従わなくても済むかもしれない。もし従わざるをえなかったとしても、少なくとも正気を保つことはできる。

そして何よりも強調したいのは、そうして会社に依存しない自分を作ることができれば、きっと本来の仕事の喜びが蘇ってくるということだ。

仕事とは本来、人を満足させ喜ばせることのできる素晴らしい行為である。人がどうすれば喜ぶかを考えるのは、何よりも創造的で心踊る行為だ。それはお金のことや自分の利益だけを考えていては決してできないことである。金を儲けさえすれば何をやってもいいというのは仕事ではなく詐欺だ。それは長い目で見れば決して会社のためにもならない。

そういう人がほんの少しでも増えれば、実体のない「カイシャ」という怪物が人の幸せを食い物にする「カイシャ社会」が、音を立てて変わり始めるのではないだろうか。

その先に、会社社会ではなく人間社会が現れるのだと思う。

その6

そして今

身の程を思い知る

そして気がつけば、会社を辞めてちょうど1カ月になります。

ちょっとしたきっかけから人生のギアチェンジを決意したのが12年前。ついに、そしてよくぞここまでたどり着いたものだと我ながら驚くやら呆れるやら……。

改めて振り返ってみれば、大学生の頃は、何とかして憧れの会社に入りたくて作文の練習やら時事問題の勉強やらで本当に必死だったのです。そうしてようやく潜り込んだ会社を、まさかこうして途中で辞めることになるとは……。いやいや、このことをあの頃の私が知ったらどう思うでしょうか。本当に人生というものは何が起きるかわかりません。

私を取り巻く環境は一変しました。「社宅」を追い出され、収入はなくなり、日々通う場所もなくなり、同僚もいなくなり、あれほどどっさり来ていた会社がらみのメールもぱったりと途絶え、まさに糸の切れたタコとはこのことです！（笑）。いや笑ってる場合じゃないか（笑）。ただただ貯金が減っていく一方です（笑）。

……あ、すみません。いやしかし、つい笑ってしまうのであります。

いやー、なんでだろう？

それは多分、私は自由だからなんだと思う。

不安で、孤独で、しかしそのことに何とか耐えられる自分がいる。

そのことを褒めてやりたいのです。

そしてそれは、会社のおかげでもある。会社に翻弄され泣いて笑って戦ってきたからこそ、今の自分があるのは間違いありません。

会社を辞めてみると、自分にできることと、できないことがあからさまに判明するということもよくわかりました。

会社に勤めていると、それだけで実は随分と下駄を履かせてもらえているのです。会社の威光や温情の力というのはなかなかどうしてバカにできないものがある。そんなことも、実際に辞めてみないとなかなかわからないものなんですよね。で、「私ってこんなことまで会社に依存してたんだ！」という衝撃に次ぐ衝撃をそれなりにくぐり抜けた今、私には会社がなくても以下のことができるということがわかったのでした。

①古くて狭い家でも平気

給料がなくなりもちろん家賃補助もなくなったので、これまでのような豪華マンションには当然住めず、安くて狭い家を探して引っ越しました。築45年、33平米。入社して初めて一人暮らしを始めた高松のマンションと同じような感じです。

壁にはシミがいっぱいあるし、もちろんオートロックなんてない、隣の家の音も信じられないくらいよく聞こえます（笑）。扉はベニヤで冷蔵庫置き場も洗濯機置き場も収納もない小さな部屋ですが、5階建ての5階で見晴らしと日当たりがいいのが気に入って借りました。

何せ狭いので、洋服も靴も本もその他諸々何もかも人にあげまくり、はよ出て行きなはれという会社にケツを叩かれてほぼ身一つで転がり込んだのです。

正直、人生において「ステップアップ」ならぬ「ステップダウン」は初体験です。それに自分が耐えられるか、正直不安でした。引っ越し代は2万5000円で、すげえ荷物が少なくていいですね〜と引っ越し屋のお兄ちゃんに褒められたのが唯一の心の支えでした。

しかしですね、私、全然大丈夫でした！　惨めでも何でもありません。いやむしろ落ち着きます。私って所詮こんなもんだったんです。小さい頃はもっと古く傾いた家に散々住んできたし、その頃だってそれはそれで全然楽しくやっていたなあと、改めて昔のことを思い出したりしています。それに、部屋が狭い上にモノがないので掃除も片付けもむちゃくちゃラクです。というわけで一人暮らしを始めて以来、最高に整理整頓のできた部屋で暮らしています。この調子なら、次はもっとボロくて狭い家でも楽しく暮らせるスキルを身につけられるかもと思うと夢が広がる。東京では何と言っても家賃負担が大きいですからね。

②お金がそんなになくても平気

①とも関連しますが、定期収入がない生活をするのは初めてなのでさすがに不安はあり改めて支出の計算をしてみたところ、自分は思った以上に少な

い金額で満足できる人間だとわかりました。

まずは「食っていく」のが第一なので食費を計算してみたのですが、これが1日600円で十分いけた（笑）。よくよく考えれば私は家で自分で作ったご飯を食べるのが最も幸せなのです。そもそも料理好きだし、自分で作れば食べたいものを食べられる。会社を辞めてしまえば出勤も残業もないのでそんな幸せなウチメシ食べ放題です。そうなればご飯なんて安いもの。晩酌用の最高にイケてる日本酒代（1日1合）を入れてもこの値段。たまに外食をすることもありますが、この歳になるとステーキだ寿司だといったご馳走はそんなに食べたいわけじゃない。基本的には粗食で十分、いやその方がむしろ満足なのでした。行列ができる近所の安くておいしい居酒屋に、開店直後の午後4時から陣取ることができるのも無職の特権です！

洋服も滅多に買いません。何と言っても家にクローゼットがないので買ってもしまうところがない。私は今、「10着しか服を持たない」とかいうフランス人そのものです。

③家事ができる

無職になってみると、料理、掃除、洗濯ができるということの強みをしみじみと感じます。電化製品をほとんど持っていないのですが、どうということはなくすべて手でやっております。つまり、他人や企業やお金に頼らなくても自分で自分の身の回りを快適に整えることができる。よく考えてみれば、人生は快適であればいいのです。これ以上人生に求めることってあるんでしょうか？　そう思うと怖いものがなくなってきます。

④近所づきあい、友達づきあいができる

会社を辞めると同僚がいなくなるので一人ぼっちになる危険性があります。しかし人間はやはり一人では生きていけません。何より一人では楽しくない。なので、自力で少しずつ人間関係を広げる必要があるのですが、これがシャイな私でも意外にできることがわかりました！

たわいのないことですが、まずは挨拶です。少しだけ勇気を出して、よく行く近所のコンビニでは店に入った瞬間、店主のおじいちゃんに感じよく「こんにちは」。近所の銭湯でも、脱衣所や風呂場に入っていく時は、仮に見知らぬ人ばかりであったとしても「こんばんは」と大きな声を出すようにしています。すると、最初は不審そうに見ていた常連のおばあちゃんたちが少しずつ話しかけてくれるようになりました。最近は「アフロちゃん」と呼ばれています（笑）。50を過ぎても、人間にはこのようなチャレンジをすることができるのです。

これも無職にならなければ、やろうとしなかったことかもしれません。いずれこうして友達と呼べる人が少しずつ増えていくといいなあと思います。それも夢ではないような気がしています。

⑤健康である

と、このような生活をしていると実に健康です。嫌な人と無理につきあうこともないし、気の小さい上司に怒鳴られてあげる必要もないのでノーストレス!!　いや、それは言い過ぎですね。ストレスはあります。それは自分についていて。自分の力のなさ、至らなさとは一生つきあわねばならず、これはどこへ行こうが生きている限り逃れることはできません。そのことも、会社を辞めて思い知ったことであります。

でも、それは自分で解決のつくストレスです。そう思えばやはり気分はずいぶん爽やかです。となれば、やけ食い、やけ飲みとも一切無縁。酒は、一人で飲む時もみんなで飲む時も常に愉快です。なので、これはちょっと余談になりますが、実は会社を辞める前に「滑り込み人間ドック」を受診することもやめてしまいました。

会社の補助で安く人間ドックを受けられることをいいことに不摂生な暮らしに目をつぶり、定期的に修理箇所を発見してアレコレと医者通いをするのが会社員の定番ですが、それって何か変じゃないでしょうか。というか、これも会社同士の互助システムじゃないかと思ったり。会社が儲けるため社員に精神的にも肉体的にも負荷をかけ、その結果不具合を生じた社員が定期的に検査をして病気を発見し、病院へ通ってお金を払い治療する……。まるで、病人を作り出すことで確実にお金が回るようにする永久運動のようです。

で、せっかく会社を辞めたんだから、私、もうそういうサークルに参加するのはやめました。その分、普段から自分の体を丁寧に扱ってあげようと思います。幸いヒマジンですから余裕はたっぷりありますしね！

しかし、そうは言っても思わぬ病魔に襲われることもあるでしょう。それは運命ですから仕方がありません。もしそうなったらどこまでどう治療するのか、死をどう迎えるのか。会社を辞めると待ったなしでそんなこととも向き合わねばなりません。

しかしこれはいいことじゃないでしょうか。自分の命や健康を何かに「丸投げ」しない。今、自分の死に方についてアレコレと考えています。楽しいというと語弊がありますけれど、それは悲しいわけでも暗いわけでもない作業です。ここが定まると、人生が定まるような気がします。

……とまあ、会社を辞めても私にできることはこんなにもたくさんあったのでした！

要するに、40歳を前に決意した「お金がなくてもハッピーなライフスタイルの確立」が、それなりにできているのです‼　人間、何でもチャレンジしてみるものです。

しかし、もちろんこれだけでは終わりません。私には「できないこと」「苦手なこと」も確実にあるということもまた判明したのでした。

⑥お金を稼ぐ

いやもうこれに尽きます！　この能力は思った以上に全然ない！（笑）。いや笑いごとじゃありません。いやそれにしても笑うしかないほど全然ない（笑）。

薄々はわかっていたんです。新聞記者なんてまったくツブシのきかない仕事だってこと。しかし、曲がりなりにも30年近く一つの仕事を続けてきたんだから、ちょっとは何かの能力みたいなものが身についていたっていいじゃありませんか。確かに「書く」という力というか習慣はそれなりに身についている。問題なのは、それがまったくカネにならないということです！

すでに書きましたが、原稿料というものは天文学的に安い。しかも手間と時間はどうしてもかかる。なので、執筆のためのカフェ代だけがどんどんどんどん積み上がり、ほとんどそれと原稿料がトントンといった世界になってしまう。取材や移動のお金なんてまったくの持ち出しです。とは言え私も会社にいた頃は、そんなフリーライターの方々を買い叩いて仕事をしてきたのですからまったくもって文句を言える立場ではありません。

しかし私は自業自得として、世のフリーライターのことを思えばこの「書くことの安さ」は本当に由々しきことです。マスコミ各社のみなさまには真剣に考えていただきたいと思います！　これでは書き手はどんどん細っていくばかり。活字文化の危機を叫ぶのなら、まずはここからきちんと考えていただきたいと思います！

しかし……。

それはそれとしてですね、私の人生だけを考えた時、金を稼ぐ能力が低いことがそれほど問題なのか、それがどーしたという気持ちがあります。

まず大前提として、私はもうお金を十分すぎるほどもらってきました。これからはもらうことではなく、その幸運をいかに社会にお返しできるかを考えねばなりません。

それに私の場合は、お金は家賃プラスαでまったくシアワセに気分よく生きていける人間なのです。それなら当面は貯金を取り崩していけば何とかなる計算です。家賃が払えなくなったらその時はその時。だって今の日本、前にも書きましたが全国これ空き家だらけじゃないですか！　東京にこだわらなければ家賃はもっと圧縮できるし、場合によっちゃあただで住める場所だってありそうです。そう思えば、経費と収入がトントンならまったく問題なし。というか、多少でも収入があればラッキー。仕事の依頼があればこれまたラッキー。つまり、ラッキーラッキー。これ以上何を望むことがありましょうか？

え、仕事があればラッキー……？

そうなんです。会社を辞めた今、いちばんやりたいことは何かと聞かれたら、それは「仕事」なのです。

仕事を再定義する

いや勘違いしないでくださいね。私は「就職」はもうしたくないし、お金を稼ぎたいわけでもない。

でも「仕事」はしたい。今心からそう思います。

仕事って何でしょうか。

会社を辞めると決めてから、入社以来一度も取ったことのない有給休暇をまとめ取りして、夢の海外長期滞在というのをやってきました！　25日間、インドの高級リゾートでマッサージ三昧です。こんな長期休暇、日本のサラリーマンには夢のまた夢。だから、これまで稼いだお金を思いきってドーンとつぎ込みましたともさ。

しかしですね、これが思った以上に落ち着かないのでした。のんびりというのは決して嫌いではないのですが、何かそれだけだと、悔しいけれどどうも「面白くない」のです。

で、結局何をしていたかというと、インドリゾート滞在記をせっせと書き、写真を撮り、フェイスブックで発信し続けていたのでした。もちろんお金になるわけじゃありません。でも体験したことを文章にまとめ、人に面白く伝える。そして、その文章が読まれ、喜ばれ、反応が返ってくる。そのことが本当に楽しくて楽しくて、寝る間も惜しんで書き続けたのです。

というわけで、せっかく会社から自由になったからこその夢の旅行だったのに、なぜか会社に勤めていた時の何倍も書きまくったのでありました。

で、仕事って何なんでしょうと改めて考えたのです。

仕事とは、突き詰めて言えば、会社に入ることでも、お金をもらうことでもないと思うのです。他人を喜ばせたり、助けたりすること。つまり人のために何かをすること。それは遊びとは違います。人に喜んでもらうためには絶対に真剣にならなきゃいけない。だから仕事は面白いんです。苦労もするし、思う通りにいかなくても逃げ出せない。しかしだからこそ達成感もあるし、仲間もできるし、人間関係も広がっていく。助けた人から今度は助けられる。そのすべては、遊んでいるだけでは手に入らないものばかりです。

本当に仕事って素晴らしいものです。お金を払ったってやりたいと思う。そう考えると、本当にやりたいことが次から次へと浮かんで止まらなくなります。

例えばですね、私「賄いのおばさん」っていうのをやってみたいんですよね。料理が好きなのに独身だから自分で食べる分しか作れないし、しかも歳を重ねるごとに食が細くなってくるからどうにも「作りたい欲」が満たされない。でも賄いのおばさんになれば作りたい放題！　しかもお店じゃないから腕がイマイチでもちゃんと食べてもらえる（はず）。

荒唐無稽？　いやそんなことないんですヨ、これが。私、日本酒好きなので各地の酒蔵に友人がいるのですが、今どこも経営が楽ではなく、蔵人さんの食事を作る人をなかなか雇えない。冬の間中、蔵人は蔵にこもってコンビニ弁当を食べたりしているわけです。士気も上がらないし健康にもよくないに違いありません！

じゃあ私行きますよ！　蔵の片隅に一部屋あてがっていただければ、押しかけ賄いおばさんになって、お腹を空かせた蔵人さんたちが私の作った料理をモリモリ食べるところを眺められるという夢のような冬を過ごすことができるというわけです。

あとですね、大工修業もしてみたい。しつこいようですが、今、全国に空き家がいっぱいあります。古くて素晴らしい家はたくさんあるのに、整理も修理もできずほったらかしになって社会問題になっているというじゃありませんか。ということはですよ、大工仕事ができて自分で家をなおすことができれば、一生家賃に悩まされず生きていくことができるし、もしかしたら空き家再生で地域活性化のお役に立てるかもしれません。

そう思って知り合いの工務店の人に打診してみると、みなさん、「人手不足で困ってるから修業大歓迎！」とおっしゃるじゃあありませんか。タダで大工仕事が覚えられるんですからこれほどいいことはありません。

それからお年寄りが好きなので介護に関わるお手伝いもしてみたいし、もちろん日本酒が好きなので飲食店のお燗番っていうのもやってみたい。それからそれから……。

……そう思うとですね、会社を辞めた私の人生、希望でいっぱいです。

今の世の中、困っている人はとにかくたくさんたくさんたくさんいる。ということは、それだけ仕事もたくさんたくさんあるはずです。そう思えばお金とか、就職とかってことにこだわらなければ、もう死ぬまでの間、楽しいことがなくなるっていうことはない。

これって……すごくないですか？

いや日本は希望でいっぱいだ！

会社よありがとう、そしてさようなら

そして改めて、会社って何だったのかと思うのです。

会社を辞めて本当によかった、正解だったーとしみじみ思う一方で、しかしもし会社に就職していなければ私は今頃どうなっていたかと思うと、やはり会社員であったということが私にとっては掛け値なく重要な素晴らしいことだったのだと、これもまたしみじみ思うのであります。

会社とは、私にとってこれ以上ない「人生の学校」でした。

まずは、一から仕事の仕方を教えてくれたかけがえのない存在でした。同僚や先輩、そして取材相手に本当に育てられました。そして一つのことについて、私の場合は「書く」ということについて、曲がりなりにもプロの仕事ができるようになったのは間違いなく会社のおかげです。

そして、それだけではありません。

お金とはどうつきあうべきか。

ウマの合わない同僚や上司とどうつきあっていくか。

頑張っても結果が出ず自信をなくした時どうしたらいいか。

理不尽な人事異動にどう立ち向かうか。

納得のいかない命令にどう対処するか……。

会社というものは、これでもかこれでもかと実に様々なアメとムチを繰り出して社員を翻弄してきます。この波状攻撃は、学生時代にはとても経験できないリアルでハードなものばかり。ちょっとでも気を抜いていたら、たちまちそのハードさに食い殺され人生を台なしにしかねないものが文字通りてんこ盛りなのです。そして会社員になったからには誰しも、その一つ一つに正面から立ち向かっていかねばなりません。


それはまるで、映画の成長物語のようです。

主人公はある目的に向かって仲間と「旅」をする。途中、敵の攻撃や仲間の裏切りなど様々な試練を乗り越えながら前進を続けていきます。そして最後にその目的を達成できたりできなかったりするわけですが、実は、肝心なのはそこじゃないわけです。

主人公はその苛酷な旅を終えた時、確実に旅に出かける前とは違う人間になっている。たとえ当初の目的は達成できなくても、それ以上の何かを手に入れている。スター・ウォーズのルーク・スカイウォーカーも、スタンド・バイ・ミーのゴーディも、みんなそうです。もちろんその時は天真爛漫だった少年時代の輝きは失われ、苦いものや矛盾もたくさん抱え込んでしまうわけですが、それは不幸なのかというと決してそうじゃない。

旅に出ることを通じて、人は初めて大人になるのです。大人になるとは、苦いものも悲しいものもすべて飲み込んで、前へ進んで行く力を身につけるということです。

会社に就職するというそれだけで、誰もが映画の主人公のような体験ができる。

やはり会社とは本当に素晴らしいものだと思いませんか。

で、肝心なのは「旅を終える」ことなのではないでしょうか。旅はいつかは終わる。旅から卒業する日が来る。そのことを決して忘れてはいけない。

そうじゃないと、旅に依存することになります。旅の居心地がいい場合は特に注意しなければならない。

寝袋やテントに泊まる旅なら心配ありませんが、行く先々で居心地のいいホテルが準備されていたりすると、旅に出ていることも忘れ、困難に立ち向かう必要もなくなり、ただ旅をダラダラ続けていることだけが目的になってくる。食事がまずいとか従業員の態度がなってないとか文句をつけるばかりで旅はどんどんつまらないものになっていく。挙げ句、いずれ来るはずだった「誰もホテルを用意してくれなくなる」という事態にまったく対処できず、我が身のこれまでの幸運も忘れ、ただ途方に暮れて自分がいかに不幸かを嘆くばかりというありさまとなります。それは成長物語とは真逆の世界です。


そう。会社は修業の場であって、依存の場じゃない。

それがわかれば、会社ほど素晴らしいところはありません。そして修業を終えた時、あなたはいつでも会社を辞めることができます。結果的に会社を辞めても、辞めなくても、それはどちらでもいい。ただ、「いつかは会社を卒業していける自分を作り上げる」こと。それはすごく大事なんじゃないか。

そんなことを考える51歳無職の春です。

エピローグ

無職とモテについて考察する

会社を辞める直前にお招きいただいた論説委員（社説を書く人たちです）の忘年会で、知り合いの研究者の方と交わした会話が面白かった。

彼は若いけれど、もっと若い頃から5つくらい職場を変えている。最初の転機は、20代の半ば頃だったらしい。勤めていた役所を辞めて、しばらく無職のままぶらぶらした後、やっぱり勉強し直そうということで大学に戻ったとのこと。

で、彼はちょっと歳を食った大学院生になったわけだけど、その頃、街中でふつうに自転車に乗っているだけなのに、しょっちゅう警察官に呼び止められて職務質問をされたのだという。「日本では、三十路に近い男が昼間からぶらぶらしていると、どこの会社にも所属していないわけのわからない人間として警察のセンサーにひっかかるんです」「ある意味完成された監視社会ですよね〜」と言っていた。確かにすごいな日本警察。しかしまあそこまでは何となくわかるのだけれど、不思議なことに、非正規雇用ながらも次の勤め先が決まったとたん、同じ服装で同じ時間に同じぼろぼろの自転車に乗っているのに、まったく職質をされなくなったらしい。「僕の中で何かが変わったということでしょう」。ふうんなるほど。

日本は「会社社会」なんだという私の仮説は、あながち荒唐無稽でもないみたいだ。

会社に所属しているか、していないかというのは、日本社会では決定的な「何か」なのだ。

しかし、私は職質はされないなあ。アフロだし、そもそもがわかりやすい不審者なので、職質するまでもないってことなのかしら。

でも言われてみれば、会社を辞めてから明らかに変わったことがある。

ものすごくモテ始めたということだ。

正確に言えば、そもそもアフロにして以来モテ始めていたのだが、会社を辞めたら、そのモテにまさかの拍車がかかっているのである！

有給休暇消化期間にインドに行って何かが変わったのかと思っていたが、よく考えるとそれだけじゃない気がする。


会社を辞めて、私は一から人間関係を作り直そうとしている。

これまでは、まずは同じ建物や同じ部屋にいる同僚、つまりは会社に与えられた中で人間関係を作ることが必要だったし、重要だった。その一方で、改めて振り返ってみれば会社の外の人と人間関係を作ることには慎重だったなあ。どうしてだろう。会社の名前を言った途端、妙に絡んでくる人がいるせいかもしれない。また外での自分の不用意な行動が会社の名誉を傷つけ、その結果ペナルティーを科せられることを心配していたのかもしれない。

無意識のうちに、会社の中でも外でも「会社員」であることに縛られていたんだな私。

しかし、今は違う。

道を歩いていても、お茶を飲みに行っても、買い物をしていても、私は人を観察している。で、どこの誰であれ、わずかでも心が通じ合えるような、感じのいい人を探している。

それは多分、一人だから。で、一人では生きていけないから。気がつけば、同じく一人で生きている人を応援してつながろうとしている。いや別にそう大したことじゃない。ただ目を合わせて、相手の言っていることを一生懸命聞き、笑顔でお礼を言って別れる。それだけのことだ。でもそれだけのことが案外、いちばん人を勇気づけるんじゃないかしら。

無職になって以来、家やパソコンを一から手に入れる苦闘の中で、「会社」という冷たい壁の向こう側から出てこようとしない人たちに強烈な無力感を感じた。でも諦めずに頑張ったら、会社員であっても壁を突き破ろうとしているよき個人に会うことができた。どこにだって、目をこらせばそういう人はいるのだ。私はそんな人たちと生きていきたいのである。

そういうセンサーを全開にしていると、やっぱり一人で何とか頑張ろうとしている人が面白いように目に飛び込んでくる。

昨日も、下北沢の珈琲店のテラス席でコーヒーを飲んでいると、カメラを持ってウロウロしている兄ちゃんが目に飛び込んできた。あ、この子はカメラマン志望なんだな、きっと私の写真を撮ってもいいかと聞いてくるんだろうなと思ったら、まさしくその通りであった。

よりによって二日酔いでめっちゃ顔がむくんでいたので、正直写真は勘弁してほしかったが、勇気を出して声をかけてきたとわかっていたから快く協力してあげることにした。懐かしいフィルムカメラを持っていたのでいろいろと話をした。露出計が壊れている2万円だかのカメラを中古屋で買って使っているらしい。まあ正直、ピントを合わせるのが遅いし、会話はぎこちないし、会話と撮影を同時並行できないみたいでどう考えてもシャッターチャンスを逃しまくっているし、とてもうまい写真が撮られている気がしない。

フィルムは富士フイルムのモノクロＩＳＯ１００を使っているというので、解像度低いねと言ったら、４００は発売中止になっていてもうないんですと言っていた。何とまあビックリだ。私が入社した頃は全部それだったのに……。時代はあまりにも速くすべてをなぎ倒していくなあ。これだから人と会話をするのは面白い。この子とここで会ってなかったら、一生４００がなくなったことを知らずに死んでたかもしれない。

で、別れ際に「これ僕の名刺です」と言って渡されたＡ４の紙を見ると、展覧会の告知に混じって面白いプロフィールが書いてあった。

「写真家の玉子を目指します！」

まだ玉子でもないんだな（笑）……。

で、まだある。「実家に帰った時、古いアルバムを見ていたら、父親のプロマイドふう写真が出てきたことが始めるきっかけです（笑）」。

いや笑ってる場合じゃないよ（笑）。

「活動内容　写真を撮らせて頂き、現像したら、メールでお送りいたします。もちろん無料です」……。要するに、無職ですね！

なるほど私は、無職の人、あるいは会社員であっても血中無職度の高い人、群れずに一人で立とうとしている人とつながりたがっているのだ。

会社人間はもういい。例えば退社した私にぽつぽつと仕事の依頼をくださる方々も、思い返すと2つのタイプの人がいた。私を商品として使おうとしている人と、少しでも人間として見ようとしている人。もちろんどちらも商売であることには違いない。しかし、前者は自分の手柄やノルマを考える会社人間だ。その匂いは、意外にも非常にわかりやすく伝わってくる。

そう考えると、愛用の銭湯で常連のおばあちゃんたちに何だか馴染んできちゃったのも合点がいく。おばあちゃん、たぶん無職だからな。で、孤独である。

おばあちゃんと仲よくなるにはコツがいる。おばあちゃんたちは好奇心旺盛だけど、シャイだし用心深いから、あんまり闇雲にグイグイ話しかけちゃいけない。普段は控えめに「感じのいい若い人」アピールをさりげなく繰り返す。脱衣所で隣り合ったらロッカーの扉をさりげなく閉めるとか、洗い場では髪の毛を残さないようにきっちり流すとか。そうするとたぶん、おばあちゃんたちの間で「あのアフロの人、見かけはアレだけどなかなかしっかりしてるわよ」みたいな噂が流れるはずである(笑)。

で、そろそろいいかなと思ったところで、例えば入り口ですれ違うとか、脱衣所で2人きりになるとか、要するに「何か気になってるんだけどどうしようか、この人、目を合わせても大丈夫かしら」みたいに思われてるなと思ったら、すかさず、思いきってにっこり笑顔で「こんにちは」と大きな声で話しかける。そうすると、わざとらしく視線を避けていたおばあちゃんも必ず目を合わせてくれて「はいこんにちは」と返してくる。

で「今日は寒いねえ」とか一言必ず返ってくる。こういうのを聞くと、お年寄りってコミュニケーション能力が高いなあと感心してしまう。若い人はなかなかこの「一言」が言えないものだ。

しかし私はどうしておばあちゃんたちとそうまでして仲よくなりたいと思っているのか。

何か得があるわけじゃない。例えば耳寄り情報を教えてもらえるみたいなことは、まったくない。おばあちゃんたちの会話は、いつも体の不調であり近所の噂話であり、それを飽きずに延々と繰り返すのみである。

しかし、私が求めているのはそんな近視眼的な浅いもんじゃないのだ。おばあちゃんたちは孤独な無職の先達なのである。

多分、昔は家族に囲まれ、仕事もしていたかもしれない。でも長い年月の間に関係は一つ一つ切れていき、最後は一人になる。それでも自分の足で立とうとしているのが、銭湯に来るおばあちゃんたちだ。ここへ来れば誰かがいる。話ができる。運動にもなる。その一つ一つが、お年寄りにとっては決して簡単なことではない。そこをほんの少し無理をして、踏ん張って、生きている。そんな姿を見ると、一人でも大丈夫なんだ、でもそのためには努力も必要なんだというシンプルな初心に返ることができる。

一人の人間として、つながる。人を助け、そして助けられる。そんな関係を一から積み上げていけば、無職でも生きていくことができるはずだ。っていうかそうやって生きていくしかないんだよね。多分。いやきっと。

別に、全員と友達になるわけじゃないし、一度言葉を交わしただけで二度と会わない人だっていっぱいいる。しかし、それがどーしたと思っている。明日のことはわからない。また会う人もいるかもしれないし、そうじゃないかもしれない。しかし人生は一瞬一瞬の積み重ねだ。よき人を助け助けられつながれる瞬間があれば、それ以上何を求めることがあろうか。

そう思っているから、私はオープンマインドなのである、今。すると歩いているだけでモテる。めちゃくちゃいろんな人に声をかけられる。で、だいたいが面白そうな人たちだ。人は案外と鋭敏なセンサーを持ち、そして電波を発している。警察官じゃなくてもそれを察知することはできるらしい。人は自然に、同期できる相手をいつも探している。ただし集団の中にいるとそのセンサーはにぶくなり、電波も弱ってくる。だから会社員は人とつながるのが下手なんだな。

「つながり」がこれからの社会のキーワードだと言う人がいるし、私もそう思うけど、つながるためにはまず一人になることが必要なんだ。みんな知ってた？　私は初めて知ったよ。

【著者紹介】
稲垣えみ子（いながき　えみこ）
1965年、愛知県生まれ。一橋大学社会学部卒。朝日新聞社入社。大阪本社社会部、週刊朝日編集部などを経て論説委員、編集委員をつとめ、2016年1月退社。朝日新聞VS橋下徹氏の対立では大阪本社社会部デスクとして指揮をとり、その顛末を寄稿した月刊「Journalism」（朝日新聞出版）が注目を集めたほか、最近の朝日2大不祥事の後に朝日ブランド立て直しを目指して連載したコラムが一種異常な人気となり、テレビ出演などが相次いだ。その際、テレビ画面に映し出されたみごとなアフロヘアと肩書きのギャップがネット上で大きな話題となった。著書に『死に方が知りたくて』（PARCO出版、1995年）、『震災の朝から始まった』（朝日新聞社、1999年）、『アフロ記者が記者として書いてきたこと。退職したからこそ書けたこと。』（朝日新聞出版、2016年）がある。

魂の退社
会社を辞めるということ。

2016年6月23日　第1刷発行
2023年4月6日　第5刷発行

著　者――稲垣えみ子
発行者――田北浩章
発行所――東洋経済新報社
〒103-8345　東京都中央区日本橋本石町 1-2-1
電話＝東洋経済コールセンター　03(6386)1040
https://toyokeizai.net/

装　丁…………吉住郷司
イラスト…………山崎豪敏
印刷・製本……図書印刷
編集担当………永濱詩朗

ISBN 978-4-492-04594-7